男左女右

柏杨 张香华

古吴轩出版社

一个有头脑的太太，永不会忘记修饰自己，不知道修饰自己的女人乃一头伟大的母猪，它以为它连老命都奉献啦，应该被爱了吧。人类却是爱猫者有之，爱狗者有之，爱金丝雀、画眉者有之，而爱母猪的似乎不大多也。

柏老仍要重复这一段，一个丈夫，他有义务使妻子看着他舒服。他不能做到这一点，他就是不可救药的臭狗屎。

我常看到有些人自傲曰："我们夫妇结婚到现在，连红过脸都没有。"我不禁心如刀割。悲哉，夫妇们乃是上帝特别制造的吵架动物。一个是男，一个是女，一个来自天南，一个来自地北，硬用感情和法律把他们拴在一起，便是把两头毛驴同拴到槽头上，它们还要又踢又咬，何况拴两个人哉？

不知道是哪个颇有点名气的家伙说过："男女因误会而结合，因了解而离开。"该家伙一定吃过女人的苦头，才发此牢骚，但这牢骚却是用血泪换来。

问题是，聪明透了顶的人常攻击爱情算个屁，事业第一，嗟夫，其实上述的那些玩意，恐怕也只能算个屁，如果那也叫事业，也值得煞有介事地洋洋自得，那才是黑无常见了白无常者也。我想没有几个人的事业比得上吾友凯撒大帝，但凯撒大帝临死时，念念不忘的不是他的事业——罗马帝国——而是他的娇妻爱子。（帝国这玩意比起一个工厂，或一个公司，或一个官，如何了哉？）

可是一旦爱情插翅飞走，连看一眼都恨入骨髓，而两个人却被结婚制度硬生生地绑在一起，结局只有两个，一是含恨终身，郁郁以殁；一是白刀子进，红刀子出——老奶比较文明，可能只在丈夫茶杯里放点巴拉松。

我跟你赌一块钱，陈世美这种人和上帝一样，无时无刻不存在，人类社会、地球不毁灭，陈世美不绝种，将来说不定还要更为精彩。而且你假使稍微有点脑筋，千万别大声骂陈世美，说不定你有一天也成了陈世美，也说不定你的顶头上司便是陈世美，听得受不了，请你卷铺盖。

柏杨先生积七十年的经验，发现丈夫帮助妻子当明星，乃自掘坟墓的唯一妙法，我们如果跟谁有仇，不妨去劝他的太太演戏，只要她忽然上了瘾，忽然成了什么"全国第一美人""全球最大肉弹""人类最细之腰"等等，他们的婚姻如果不破裂，我输你一块钱。

张香华的开场白

一个家庭中出了两个握笔杆的人，就好像两种不同的乐器，一起演出。好的话是共鸣、协奏，不好的话成了刺耳的噪音、不谐调的共响。

一个孩子蹲在地上玩拼图，排列出各种不同的图形，大人问他在排列什么，孩子说，他在和外星人对话。大人又问他怎么能听得懂外星人的话，孩子说，外星人会让诗人把要说的话替他说出来。所以，我一直觉得诗人有特别的频道可以发声，也有特殊的天线可以收听一般人听不到的声音，就如同这个孩子。

喜欢诗以来，写诗的时候，我打开这一个特别的频道，平时就把它关闭起来，做个普普通通的人。免得和不同的频道发生干扰。谁晓得我的余生竟和一个非常入世的人生活在一起，因为，我嫁给了他——柏杨。所以，这种干扰是时刻都存在的。尤其对方的能量特别充足，我在整个调适的过程中，使出所有的潜能，从退缩一隅，把自己压缩到几乎遁形、到无所遁形，就像那句话说的：无所逃于天地之间。最后，一反其道，挺身出来，面对一切……其中一项就是我搁下意象思维的诗，写起逻辑思维的文章。开辟另一个频道，借此应生命的趋势，这本书是我另一个频道的发声选集。

柏杨的写作生涯经历过惊涛骇浪颠簸，香华则始终娓娓倾诉，像花园中的清谈，这样的合集到底能不能获得读者的青睐，我们夫妇正拭目以待。

许多年前香华写过一首小诗，叫做《一张吸墨纸》，假如这一次的同台演出不幸不叫好，也不叫座，就请把我们其中任何一位的作品，当做是“吸墨纸”吧！

这首诗香华是这么说的：

我不和你说一句话

我不读你著的一行书

我，只默默看着你

仿佛很久以前，已

地老天荒

我是一张吸墨纸

轻轻按捺在你写过字的

纸上，把你遗留下的余渍

吸干

二零零七年五月

柏杨致责任编辑的一封信

雪春：

你好！

这两天我真是卧不安枕，因为香华一直吵着要我起身，写一篇短序。她说是你交代的，可是，我明明说过自己封笔，而且退出公共领域了。她偏说，这一次例外。你说这像话吗？

自从香华结识了你，蒙你动员重新出版我当年“闯祸”兼轰动海内外华人世界的《丑陋的中国人》，甚至引来亚洲邻居日本、韩国、越南、新、马……欧美如华盛顿、芝加哥、纽约、洛杉矶……北欧的瑞典，南欧的意大利，东欧的捷克、南斯拉夫（当年的名称），西欧的英、德、法……各地记者来访问我这位“丑陋的中国人”。你又邀香华到过苏州盘桓，她真是品味丕变，回来老是说苏州如何、如何的好；苏州的鱼如何、如何鲜美，颜色如何、如何银白；庭园如何、如何的典雅；苏州的弹词如何、如何悦耳动听……当然，还说雪春如何、如何的美兼善；苏州的男子如何、如何的斯文，从不高声嚷嚷、更不会打架……好像苏州是全中国不能更替的一个地标。现在竟然逼我重拾秃笔，要我带病“出征”。所以我决心口授，请助理为我写封信，向你求情，希望你看在我年老体衰的分上，放我一马，如何？连你和她两位都在算计我些什么，香华都没跟我说清，你说我文章要怎么写呢？

你还记得，在电话筒中听到过我们那只喜欢钻我胳肢窝打呼猫咪的鼾声吧，现在的我就羡慕起它来，它那俊模样，和那副自足的神情，哪里是去年六次进出医院的我，所能望其项背的？虽然，中国人的文化提升一直是我一生最终极的关怀，但，面对此情此景，连最能窝我心的猫——熊熊竟先弃我而去，我就把这一生千万叮嘱、自勉勉人的话留下给你们年轻一辈人去咀嚼、去思考，也去辩证吧！

所以，我这封信就算是在你们俩合演的这一出戏码中，当一个跑龙套的角色，好吗？

柏杨

二零零七年五月二十日

目　录

·柏杨辑·

·张香华辑·

男左女右

人生可恋

前些时台北上演过一部法国电影曰《春江花月夜》，老头儿临死时，朋友前往病榻送终，他曰：“我留恋的是人生那些小小情趣。”这句话道破了人生趣味的奥秘。有时候，我们常想，若某种人，活着有啥意思？——小孩子以为中年人没意思，中年人以为老年人没意思，但各有天地，各有各的境界。中年人虽不能撒尿玩泥，却可跳舞追女人，胆大的还可搞搞政治，甚至搞搞革命，其乐至少可跟撒尿玩泥相埒。老年人看起来如槁木死灰，但回顾小伙子们跳来跳去，实在幼稚可怜，且几个老头儿聚在一起，比少年们聚在一起，还要荒唐。人之所以能有勇气活下去者在此。柏杨先生于清王朝末年，旅行至河西走廊，发现当地人民奇苦，“全家都在土炕上，冬天棉裤未剪裁”。盖河西一带，自乌稍岭直迄星星峡，流沙千里，穹不见人，偶有人家，谋生困难，冬天时男女老少一齐蹲在土炕上，炕上铺着细沙，大家屈着双膝，以羊皮裹身。必须出户时，炕头置有棉裤，才可穿之，公干已毕，回家后第一件事便是脱下来，放回原处。呜呼，这种情形，一直到一九三九年仍是如此，没有太大的改善，惨绝人寰。有一次和一个官崽提及，他竟前仰后合，看样子我如果不承认恶意造谣，他就要笑断了筋也。

但他们照样快快乐乐地活下去，柏杨先生曾在某一家住了一

1978年2月4日，婚礼上新郎柏杨、新娘张香华在结婚证书上用印。

星期之久，初则觉得他们简直不如去集体上吊，可是后来该地下棋之风甚盛，我的象棋很有一手，到今天都无人可敌，把他们杀得血流成河。后来就不断被邀应战，往炕头一坐，一局在前，输了的人便来请教秘方，赢了的人则欢天喜地。回到北平，正想找某教习详陈种种，他却先告一事曰，“刚才和一位美国大亨谈话，他参观了我们教职员宿舍，告我曰，想不到你们过着如此简陋的生活，不如死了好也。贤弟，我却觉得活得也蛮好呀。”听了之后，心中一惊，那美国佬把北平也当做河西走廊矣。后来在美国，看见洋大人那种孤寂而紧张的干法，不但无味，也实在可怕，虽给我一块钱我都不干（叫我改成美国的生活方式我不干，叫我去美国当寓公我干）。

每个环境里的人都有他的生活情趣，靠那种情趣维持生命，也靠那种情趣使感情平衡。一个没有情趣的人，往往难以接受人生；而一个有情趣的人，他的弹性就大得多啦。对一个家庭而言，更是如此，夫妇间如果有的是小小情趣，他们一定是和睦的焉（但不能说不打架），一定是温馨的焉，一定是碎不了、离不了的焉（发起脾气闹着非离不可，则不能免），也一定是快快乐乐使人称羡的焉。

昨天一个朋友警告我曰："你怎么总是反对传统？须知反对传统便是思想有问题。"着实吓了我一大跳，特此隆重声明，我并不"总是"反对传统。有些传统很好，我还誓死拥护；但有些传统过分地斫丧灵性，便忍不住挣扎一下，岂敢"总是""反对"乎哉？目的只在掀开那张薄纸往里瞧瞧，到底是啥花样？

斫丧灵性，首先自家庭始，大人先生率领鱼鳖虾蚧，用种种办法，把家庭中夫妻父母子女间的情趣，剥夺个精光，只剩下赤裸裸的"名分"，弄得从根部往上烂。不知是哪一个家伙发明的，曰"寝不语，食不言"。真是杀人不见血的恶毒手段。柏杨先生小时候，有一次去表舅家串门，表舅书香门第，礼乐传家，标准的大儒是也，在别的方面他乱搞不乱搞我不知道，但在"寝不语，食不言"上，却是谨遵圣人之训，认为是齐家、治国、平天下的不二法门。悲哉，你看那种进餐场面吧，好像他们家里有谁强奸杀人，刚破了案，饭后就要绑赴刑场处决似的，一个个垂头丧气，呆呆看饭，颤颤夹菜，如临深渊，如履薄冰。我忍耐不住，当时便叫曰："表舅，你看那猫拉屎拉到锅子里啦。"全家大惊，非惊猫拉屎也，惊我没有教养也，不过那一天幸亏我没有教养，如果我也有教养，他们全家都要吃猫先生的大便。晚上入寝，我本来想跟表兄谈点离情，想不到所有的人上了床便同一块烧焦了的木头，虽然有气有味，却硬是不讲话，叫人元气尽泄。第二天便仓皇告辞，发誓永不再来，想不到该表舅反而向我父亲打小报告，说我许多差劲之处，他妈的。

一个家庭一旦进入"寝不语，食不言"之境，那就惨绝人寰。盖世界上只有两处是"寝不语，食不言"的，一处是军营，一处是监狱也，温暖的家庭竟成了军营、监狱，弄得每一个人都得严守纪律，诚惶诚恐，连一分钟松懈都不能有，不如跳河算啦。

实际上，饭桌和床头乃是最最充满情趣之处，夫妇一天不见，晚上可能还有约会应酬，只有饭桌和床头是安安静静谈心的地方，不但可以谈儿女情长，而且还可以谈天下大事，若明天你投谁的票乎？若下个月买不买电视机乎？尤其是，丈夫下得班来，往饭桌旁一坐，一面狼吞虎咽，一面倾听妻子叽叽呱呱报告孩子的动态："他会叫爸爸哩。""他呀，淘气得要命，今天爬到桌子上哩。""你说怪不怪，他还说梦话哩。"然后你就告诉她办公室内发生的各种奇情异景，若某官崽端架子端垮啦，某小姐和某组长、某科长以及某什么长起冲突啦，某件事情闹大啦，如此这般。其心旷神怡，恐怕是孔丘先生家里从没有的。

家庭里充满着层出不穷的小小情趣，才是一个正常的和健康的家庭。小小情趣者，外人看了会肉麻，会嫉妒，会羡慕，反正是不太顺眼。但当事者却有无穷受用，饭桌上谈谈风情的话，谈谈爱情的话，心里一舒服，说不定就多下肚两碗。柏杨先生的邻居中有一对夫妇，已生儿女二人，可是吃着吃着，丈夫忽然拧一下妻子的脸蛋，惹得小女儿大吼曰："打死爸爸。"有时候两个人的赤脚在桌下相搓，一面笑，一面吃。隔着窗子，看得我老眼发直。在我的办公室里，有一位女同事，年龄二十四五，漂亮得不像话，丈夫却是四十五六岁的中年男子，两人感情好得也不像话。有一天，星期日加班，我听她打电话，最后曰："你乖乖地在家，等我回来，我给你买一包沙其马。"我问曰："打给谁？打给你小儿子？"她曰："不，打给我丈夫。"呜呼，那个当丈夫的家伙，不但娶了一个漂亮之妻，还娶了一个懂得风情之妻，夺尽人间精华，你说他该死不该死吧。当时柏杨先生便双目流下老泪，盖敝老妻俗而且顽，此生只好休矣。

形容闺房之乐，有一句话最为结实，曰“温柔蚀骨”，如何才能蚀骨？那就完全靠小小情趣。夫妻相爱，与阅兵大典不同，不能一本正经。一个人如果在家里也道貌岸然，端其嘴脸，不必分尸研究，他可能是一个圣人，但他绝不是一个好丈夫、好父亲和好儿子，因他满身都是圣味官味，唯独没有人味也。尤其是蜜月一过，“老夫老妻”的劲开锣，能使人伤心欲绝，君不见有那么一则幽默对话乎，新婚夫妇下火车时，新娘告新郎曰：“亲爱的，别那么挤，叫人以为我们像老夫老妻才好。”新郎曰：“就这么办，你提着这箱子。”提箱子不过是一个开始，接着便进入哑巴阶段，“寝不语，食不言”矣。差不多的家庭都是这样，除了孩子们叫闹，大人之间简直没有啥可交流的。我有一位女学生，在某单位任职土壤调查，单独出动时，就借居亲友家中，有时一住就是两月三月，短者也在一月左右，前些时她来聊天，告曰：“有一件事真是奇怪，我住过的不下二十余家，发现了一个问题。”问她啥问题，她曰：“二十余家中，至少有十余家，夫妻子女间落寞如路人，下班下学之后，沉沉闷闷吃饭，然后在客厅中呆坐如木瓜。或看报，或听收音机，或跟客人勉强应酬，然后默默上床睡觉，没有几家谈谈天的。”

呜呼，该女学生真是有头脑之人，她指出的是一种普遍的现象——家庭之中，成了哑巴世界，连谈谈天都没有，更不要说别的啥花样矣。在那种气氛中过半辈子，定是前生作孽之报。盖这类家庭乃是婚变的温床，亦为产生怪癖孩子的温床也。不遇外力震荡，则苦兮兮窝囊一生，遇到外力震荡（如做丈夫的碰见美女，做妻子的碰见有情调的男人），恐怕是非砸锅不可。

男左女右

爱情如火

求偶是一种艺术，其妙只可意会，不可言传，甚至比真正的艺术还要艺术，有些人无师自通，花样翻新，有些人却钻研一辈子也搞不出一点名堂。去年，美国各地光棍纷纷成立“打倒霍斯顿俱乐部”。盖霍斯顿先生，是一个极平凡的海员，他在纽约娶了一美丽的太太焉，在旧金山又娶了一美丽的太太焉，在夏威夷也娶了一美丽的太太焉。最后一次，则是在洛杉矶，正和一漂亮的女郎结婚，被旧金山那一位太太，打了个鸡飞狗跳。这种公然重婚案子，经电视、广播、报纸，一齐报道，自然天下皆知。于是，纽约太太赶了来矣，夏威夷太太也赶了来矣。她们柳眉倒竖、杏眼圆瞪地聚集一堂，但其赶来非为打架，而是前来看护丈夫，深怕别的女人把他抢走。法庭之上，谁也不肯离婚，而那位还没有举行结婚典礼的新娘也宣称，他如果不娶她，她就要告他。结果那个艳福冲天的家伙拥着四个太太，买了一辆汽车，招摇而返。报上说，他自任司机，一出郊区，四个太太还唱歌哩。

这种事不要说发生在美国，便是发生在我们中国，也会使光棍七窍冒烟，故各地均有“打倒霍斯顿俱乐部”产生。由此可看出一个要命的问题，有些人对求偶——包括交友、求婚和结婚，特别具有天才；有些人却硬是束手无策。惜哉，霍斯顿先生对他的那一套不肯写一本书传授给大家，以便普度众生。（他说他还要娶第五个太太哩，真把人活活气死！）

不过，问题的严重性也就在此，霍先生如果真的写了出来，也许会因其公开之故而全部失灵。昔隋炀帝杨广先生宠杨贵儿，对其他千万宫女看也不看，萧皇后大急，有一天，把杨贵儿找了来，问曰："你能把皇帝迷成这个样儿，一定有你的一套，我们是姐妹，告诉我听听。"若换了霍斯顿先生，恐怕萧皇后再巧言花语，他都不会露一点口风，可是杨贵儿到底年轻，经不住萧皇后一再拜托，竟全盘端出，于是糟啦，当天晚上，杨广先生还要找杨贵儿，萧皇后嗤曰："你以为她真的爱你乎？"乃一一告之底蕴，杨先生失望之余，从此跟杨贵儿断绝邦交。

呜呼，杨贵儿当时到底说了些啥，我们不知道，但她的那一套，和霍斯顿先生的那一套一样，一定很有点学问，否则不会把对方吃得死脱也。现在台湾最大的社会问题，不在怨女，而在旷男，再丑陋，再没有学识，再年华老去的女人，都不愁嫁不出去。在这儿没有人要，去了美国，猪八戒也变成杨玉环矣。你听说有嫁不出去的女子乎？即令有之，责在自己，是自己不肯嫁，不是嫁不出也。而臭男人便不然，小自二十岁起，老至七十岁止，光棍林立，其数目本已超过女人多多，不成比例，便是两个男人娶一个太太，恐怕有人都得望妻生叹，娶不到手。更何况有些女子天生的怪毛病，不肯嫁人乎。于是，男人比女人苦得多啦。记得十年以前，光棍朋友求偶，先讲上一大堆条件，曰年龄如何，曰相貌如何，曰学识如何，曰籍贯如何。十年之后，所有条件全化为乌有，只要是女人就行啦。而天下奇怪的事也就在此，臭男人总以为降低条件，定无问题，谁知道却是越降越糟。一个大学生，十年前非高中毕业生不娶，五年前初中毕业生亦可，而今小学毕业生也成。可是想当年初中毕业生嫁高中毕业生，她已很满意，如今小学毕业生嫁大学生，她还不肯干哩。

这种事与人心不古无关，乃典型的经济学上供求律，女人多而男人少，男人当然值钱。美国的女孩子，星期六晚上彻夜守候在电话机旁，全家若逢戒严，父母兄弟统统不得使用，唯恐男友约会的电话打不进来也。第一次约会之后，男朋友要吻她，就得给他吻，一个做母亲的曾向报界诉苦曰："我女儿如果不叫他吻的话，他第二次便不约她。"咦，真叫中国男人吐血，就凭这一点，下辈子都得投生到美利坚。

柏杨先生按：男多女少，是二十世纪六十年代现象，二十年风水轮流转，现在到了八十年代，女多男少，形势乃倒了过来，成了女孩子整天惶惶的世界，嗟夫！

中国男人的危机，既如此严重，可是仍有的男人今天娶一个，明天又娶一个；有的男人女朋友一大群，争着都要嫁他；有的男人妻貌如花；有的男人妻子的学问大得可怕。他们都是"有一套"的人物，在求偶艺术上有其高深的造诣，为光棍朋友所不及也。

求偶的学问博大精深，有这种学问的人，便有资格拥娇妻而抱爱子，痛享家庭之乐；没有这种学问的人，只好焦头烂额，生趣全无。这种现象，不仅人类如此，其他动物也是如此。光棍之士，如果稍为留意观察，当有心得，对自己不无裨益也。

君不见凤凰乎？有漂亮尾巴的乃是男凤凰，见了女凤凰便来一个孔雀开屏，把全部家当都亮了出来，于是女凤凰晕头晕脑，非嫁他不可矣；这跟男人在女人面前故露美钞一样，盖有些女人一见美钞就浑身发痒，事便无不成也。君又不见狮子乎？有漂亮鬃毛的乃是男狮子焉，女狮子见了那鬃毛标记，芳心大动，不要说结婚，便是同居也行；该鬃毛跟"华侨"二字有异曲同工之妙，柏杨先生常看到有些归国的男士，唯恐别人不知道他是华侨，没谈上三句，他就掏出洋大人之国的护照（就目前情形看，菲律宾华侨最吃香，泰国次之，美国又次之，刚果华侨最说不响）；而女孩子一旦交上华侨朋友，表演得就更卖力。你和她见面，三分钟之内如果还没有谈到她的男朋友是华侨，并作羡慕之状，她准恨你一辈子。

凤凰和狮子，其求偶在于“露一手”，而蜘蛛和螳螂求偶，却是拼老命地干，至为惨烈。凡是举网以待飞蛾的蜘蛛，都是小姐，不知道当初上帝是怎么搞的（我想他老人家当初造蜘蛛、螳螂时，夏娃女士一定刚被亚当先生修理了一顿，气愤之余，代捏了几个，自然把男性捏得如此地苦兮兮），女蜘蛛一见了男蜘蛛，就捉而吃之。呜呼，事情竟糟到如此地步。假如人类也是如此，小姐太太们见了男人就杀了清炖，恐怕男人们早逃得精光。可是男蜘蛛不然，他阁下一日一动了求偶之心，就在蛛网四周，围绕舞蹈，女蜘蛛在网当中随着他舞蹈的脚步，而旋转身子，准备大嚼，双方僵持下去，一直到女蜘蛛终于被男蜘蛛的诚心诚意所感动，男蜘蛛察颜观色，才敢进攻。

1981年，柏杨夫妇旧金山之旅。

螳螂亦然，男螳螂跟男蜘蛛一样，也要围着女螳螂频频跳舞，飞媚眼而作丑态，一直等到女螳螂心肠发软，男螳螂才敢乘机而上。不过，苦兮兮的关键就在这里，一旦那个女蜘蛛、女螳螂清醒得过早——颠鸾倒凤未毕，而她阁下已悠悠还魂，那男的就完了蛋，她把他捉住，先从头上吃起，直吃得剩下几段肢体才罢。

此之谓“无所惧”也，蜘蛛、螳螂求偶如此危险，还照求不误。有些男人胆小如鼠，把自尊心当做肥皂泡一样，战战兢兢，捧之护之，心里想，如果女孩子拒绝了我，岂不丢了大人也哉。于是你既然怕丢人，便只好单身到底，让别人在背后指你脊椎骨，怜你老光棍矣。

有一种现象是我们有老婆的人所不忍言者，年逾四十，而仍未结婚的人，不用到区公所抄户籍本打听底细，他准多少有点毛病，当然也有正常的人，若事业心重和求学心重的人属之，但大多数朋友，都有一本伤心泪史，愧对凤凰、狮子，亦愧对蜘蛛、螳螂也。不是在这方面缺一点，便是在那方面缺一块；不是言语太多，便是言语太少；不是胆子太怯，就是胆子太大；不是性情太凶，便是性情太懦；不是穷得不名一文，便是富得使女孩子不舒服；不是半瓶墨水，便是奇酸学究；不是行为古怪，就是想法离奇。每人皆不自知，只有旁观者看得清楚。

我有一个朋友，已是老家伙矣，苦追车掌小姐，他天天坐那一路车，车子到站，小姐请他下车，他曰：“我现在不下，你在哪里下，我也在哪里下。”小姐无法，把车开到停车场，小姐下矣，他偷偷地塞给她一信，信上曰：“我爱你，犹如公猪爱母猪，晚上七时我在大世界等你，请你看电影。”不知者准以为我的朋友是××人，盖××人对情人的昵称，都是用小猪形容也，这一场求婚之战的结果如何，不卜可知。第二天，该老友向我请教，我训之曰：“你还恋爱个啥，不如吃巴拉松算啦。”听说若干年前，有某先生和某女作

1993年3月17日，柏杨生日，柏杨版《资治通鉴》完成暨出版问世庆祝茶会，柏杨夫妇相拥而笑，内心喜悦不言而喻。

家打得火热，简直非结婚不可，想不到有一天他给她写信时，忽然心血来潮，想文艺化一点，乃曰："亲爱的小寡妇——"呜呼，这种人一辈子没有太太，有啥可稀奇的。

又有一位朋友，方在中年，和女朋友坐三轮车，平常日子无论在什么情况之下，他都要坐在左边，其理由万分充沛，盖左边靠快车道，万一出事，他有义务代女朋友翘辫子。这种情况都可以假想得出，你能说他的神经系统有毛病耶？结果有一次，女朋友先上了车，坐到左边，他坚持她非坐到右边不可，女朋友不愿再行移动，宁愿被汽车撞死。吾友认为他顶天立地，岂可做出逃避责任之事，双方争执半天，相持不下，拉拉扯扯，观者人山人海。"三作牌"也加入漩涡，苦劝吾友稍让，可是吾友乃圣人门徒，深知"执善固执"的精义，坐在左边既是善举，便是原子弹都不能动摇他的意志，气得女朋友大哭而去。一直到今天他仍是一条光棍，去年甚至还闹了一场掀女职员裙子的表演，在报上着实出了一阵风头。

男左女右

敬意和爱心

轻视是破坏幸福生活的凶手。因权势而结婚，或因金钱而结婚，痛苦的多，快乐的少，原因在此。我有一个女学生，年龄二十有三，她曰："我要嫁的人，不一定是我爱的人，我要找个有钱的，我要享受。"因之硬嫁给某一纺织厂老板的大儿子。婚前父执辈知我学问甚大，拜托前去开导，我没有去，盖别人都认为那小子无一技之长，完全靠老头产业，而老头表面甚好，其实亏损累累，可危可惧。我却认为如果断言有钱的小开都是坏种，将来都要穷兮兮，甚至那个"爱好虚荣"的女子，将来一定或被踢焉，或讨饭焉，或沦落焉，那是廉价言情小说上的公式，不是人生的公式也。有一点必须弄明白的，那种婚姻，一塌糊涂的固然很多，若赵家，若钱家，若孙家，历历可数。但不一塌糊涂的也着实不少，若李家，若周家，若王家，也历历可数。我当时就觉得这不是问题的症结。问题的症结是：金钱固然是一种享受，有了钱啥事都可干，你一抖钞票，别人立刻会撅起屁股，请你随便打板子。那股滋味，尤其对于一个穷苦惯了的人，真是开心得很。可是，不知考虑到一点没有，爱情的本身岂不也是一种享受乎？我说这话不是说穷得连胃都翻了过来都可不管，而只管爱情，那是鬼话。而是说，如果一个是生活舒适而有爱情，一个是生活奢侈而没有爱情，前者的享受似乎更大，后者便不见得必然快乐，盖有轻视在内。记不得哪一年的世界小姐矣，嫁给一个美国开百货公司托拉斯的小开，结婚不到一年就拆伙，该小开对记者曰：“她见了啥东西都要，恨不得把俺爹公司里的东西都搬回家。”该两位活宝的名字记不得矣，但管资料的朋友定可查出，报纸上当时登得极其详细也。我们不评论她乱买东西对不对，而只是指出她丈夫看不起她。我的那位女学生，别的我不担心，我只担心她的丈夫看不起她：“嗨，你嫁我的钱，我娶你的美，我无钱时你当然另行高就，你不漂亮时，我当然再找别的女人。”这似乎也显得太武断，主要的是，和一个自己不爱的男人也好，不爱的女人也好，整天睡在一起，吃在一起，不恶心乎也？不委屈乎也？

不知道哪个圣人说过，娶一个有钱的妻子是对自己的一种毁灭。柏杨先生年轻时颇不服气，心里想，娶一个有钱的太太真是人生最大的幸运，假使有一位如花似玉的小姐，像新疆舞曲所唱的，带着她的万贯家财，还有美丽的妹妹，坐着她的马车来——如今则是坐着她的汽车来。那我真要猛往上撞，千军万马都挡不住；可惜白白断送年华，始终没有遇到这种天赐良缘。但圣人之所以成为圣人，有他的一套，这句话固有它的道理。我们想象中的妻子，至少有两个要点，一曰“爱我”，一曰“敬我”，没有一个光棍梦中的情人其凶如虎，其恶如狼，每天整他一顿的。那个坐汽车带妹妹而来的漂亮妻子，一定温柔入骨，你花她的钱她不在乎，你打她妹妹的歪主意她也不在乎，甚至还可能效法娥皇、女英哩。呜呼，如果你知道你每用她一块钱她都要面孔铁青；你多看她妹妹一眼，她就教她的佣人给你一顿臭揍，恐怕那胃口就不见得太大。

太太一旦对丈夫没有敬意，便算糟到了家。我有一位最知己的小朋友，初来台湾时，年方三十，英俊雄壮。有一个有钱的独生女儿看上了他，而且和他结了婚。因他一人在台，无亲无友，经济力量又不足，乃索性住在她家，老两口视他如子，婚后请我们吃酒，住所堂皇富丽，跟皇宫一般，有三四个妙龄侍女担任招待。吾友昂然上座，新郎新娘，望之和神仙差不多也。看得大家心迷痰壅，加上地板既光且滑，有一个没有见过世面的家伙，还当场摔了一跤。回来后你也叹气，我也发喘，不知该朋友哪一代祖先积的福，由他小子承当。

但不久我们就发现有点不对劲，不到三年，该朋友渐渐地由昂然而不昂然，原来其中出了问题啦。他在某衙门是中级职员，月薪两千元，在我辈小民，是一个天文数字，可是他拿回去，太太睬都不睬，而且不时带他上街，做西装焉，做大衣焉，买皮鞋焉，买汽车焉，有一次且以他的名义在银行开了一个户头，先行存下十万元，并告诉那个屁股撅得奇高的银行经理曰："我先生如果要透支，打电话给我。"（意思是曰："透支可以，我得批准。"）又对该朋友曰："十万花光没有关系，但你要叫我知道你每笔的用处。"遇到星期天加班，太太必发脾气，她曰："一个月挣那一点可怜钱，买草纸都不够，辞掉算啦。"他最初不辞，后来太太打电话给他的老板，要把他买回来，他才不得不走。结果太太带他周游了世界列国，喝了不少洋水，增了不少见闻。不过他的发言权也逐渐降低，有一次他想买一件绒线衣，太太不知是心境不好，抑或其他别的原因，硬是不肯，最后她吼曰："用你的钱买去！"把他气个半死。盖他如果是妻子，尚可向丈夫闹，而他竟是丈夫，除了自顾形惭，实在闹不起来。他经常向太太提议招待招待他的老朋友，一提起他的那些老朋友，连个部长厅长什么长什么主任都没有，清一色的低级货色，他太太便有气，尤其是所谓老朋友的太太们，一个比一个寒酸，没有一个人手上有五克拉钻戒的，那种朋友算啥？有一次，她曰："我们斐家，七代以降，往来无白丁，你难道没有几个像样的朋友，看他们上次来吃饭时的那种吃相，实在不敢领教。你要请，去馆子请去，但我告诉你别花我的钱。”八年前我有一事要托他，先用电话约定了时间后，硬着头皮往访，却发现该太太正在和我的顶头大亨某部长喝咖啡。依我跟朋友的交情，应喊她一声“弟妹”，即使不那么结实，也应叫她一声“大嫂”，可是那天我却结结巴巴了半天，弄得面红耳赤。部长在一旁解围曰：“柏同志，你找斐小姐有什么事呀？”我曰：“没……没……”该斐小姐曰：“你一定找青彦，对不对？我刚才叫他开车带孩子去金山玩，他说他有事，可能是等你。柏同志，青彦像你这样的好朋友，共有多少，怎么帮忙都没有个完？”我紧张过度，头大如斗。好容易逃出网罗，连姓啥都记不起来啦。

《聊斋》上有这么一则故事，题目曰：《仙人岛》，叙述王勉先生的艳遇，王勉先生“有才思，屡冠文场，心气颇高，善诮骂，多所陵折”。有一天，和他的岳父大人、未婚妻芳云小姐、妻妹绿云小姐，共坐一堂。岳父大人要考考他，他当然毫不在乎，当时就诵诗一首，顾盼自雄，中有二名句云：“一身剩有须眉在，小饮能令块垒消。”未婚妻芳云小姐低告曰：“上句是孙行者离火云洞，下句是猪八戒过子母河。”一座鼓掌大笑。王勉先生又吟水鸟诗云：“潴头鸣格杰……”忽然忘了下句，芳云小姐向妹妹嘀咕低语，掩口而笑，绿云小姐告父曰：“姐姐为姐夫续下句矣：狗尾响硼巴。”合座粲然。王勉先生心里想，世外人一定不知道八股是啥，何不唬之，乃炫其冠军之作，为“孝哉闵子骞”二句，破云：“圣人赞大贤之孝。”绿云小姐顾父曰：“圣人从没有喊门人别号的，孝哉一句，是别人说，不是圣人自己说。”连碰三次钉子，王勉先生意兴索然，岳父大人仍令其往下念，他念到佳处，还把主考官的评语都念了出来，有云：“字字痛切。”绿云小姐告父曰：“姐姐说，宜删切字。”王勉先生背诵完毕，又述主考官总评，有云：“羯鼓一挝，则万花齐落。”芳云小姐又和妹妹嘀咕，两人皆仰笑不已，绿云小姐曰：“姐姐说，羯鼓当

1997年3月,于台北家中。

是四挝。”众人不解,她不能忍,乃曰:“去切言痛,人身上一痛,则血脉便不通矣。羯鼓四挝者,其云不通又不通也。”众立刻哄堂。王勉先生初以为他是中原才子,目中无人,而今才发现大事不好,只好流汗。

结了婚之后,发现妻子房中啥书都有,略致问难,响答无穷。王勉先生闲来无事,便摇头吟哦,妻曰:“我有良言,不知肯见纳否?”问何言,她曰:“从此不作诗,也是藏拙之一道也。”书上曰:“王勉先生因屡受诮辱,自恐不见重于闺门。”幸好芳云小姐温柔敦厚,日子才过得下去。

这个故事诚多彩多姿,惜结尾太如意算盘。柏杨先生推测,如果他们是活生生的人而不是云来雾去的神,恐怕王勉先生婚后的日子有可瞧的,盖他的自尊心全被摧毁,赖以直起脊梁的玩意全被否定,动辄要担心妻子的轻视,除非他改行不读书而去做木匠,他能安然得无动于衷哉?芳云小姐肯听天由命“巧妇常伴拙夫眠”

柏杨在书房。

哉?这种知识水准不能配合的现象,也是灾害之一。知识相差太巨,好比,太太大学堂毕业,丈夫不识字;或是丈夫大学堂毕业,太太不识字。都不容易恩爱到底。自二十世纪初叶以降,社会上经常发生丈夫抛弃小脚娘的悲剧,多半起因于做妻子的在知识上得不到尊重。因不识字之故,气质上、风度上以及应变能力上,自然跟着差上一截。柏杨先生有一位族弟,他在二十世纪初就当上了县长(那时叫"县知事"),太太要他带她上任,他恚曰:"你没照照镜子,看你的模样拿得出去?"把他太太气得要上吊。其实不仅太太如此,像王勉先生,照样也要上吊。很多女孩子一旦读了大学堂或去了番邦,哪一个还再回去守那庄稼汉的丈夫过一辈子乎?用不着举例,读者先生不妨抬头四望,数一数当前的和过去的女作家、女政治家,以及女什么家,查一查她们的历史,不难知症结所在。

男左女右

爱情如作战

柏杨先生有一句话，说出来准使正人君子和天真纯洁的朋友们寒心，但如果不说，又觉得实在忍不住。盖不但人生如作战，不但追求异性如作战，不但谋职做事如作战，即令在爱情上，在家庭中，以及夫妻之间，无一不是作战。这作战有两种意义：一是要征服丈夫（借此补充一个隆重的声明，我们谈妻子时，没有抛弃不谈丈夫之意，不过同时谈两方有点麻烦，敬请举一而反三），使丈夫死心塌地，心服口服；二是要击败其他女人，使她们在丈夫眼中，不占席次。如果自以为天下已定，老娘不必再战战兢兢，不必再杀得血流成河，那么她的江山真是危如累卵。如果上帝和她特别有交情，没有人碰她，那是万幸。如果上帝一时照顾不到，竟有人碰到，稍微一碰，恐怕再多的蛋都要稀烂。

一个有头脑的太太，永不会忘记修饰自己，不知道修饰自己的女人乃一头伟大的母猪，它以为它连老命都奉献啦，应该被爱了吧。人类却是爱猫者有之，爱狗者有之，爱金丝雀、画眉者有之，而爱母猪的似乎不大多也。盖人之异于禽兽者，在于人有审美眼光，禽兽则无。人类间之爱，不完全基于实用，有时候甚至和实用根本一点关系都没有，而只求悦目。像一幅图画，像一首音乐，它能疗饥疗饿乎？一个做妻子的人必须了解这一点，才算孺子可教。你为他

1982年，凭吊第二次世界大战奇袭成功的诺曼底，在涯岸高处俯视茫茫的大海……

做饭，洗衣，带孩子，他睡觉时你为他打扇子赶蚊子，他病了你三个月都不睡觉——呜呼，这一切都是对的，也是可感可佩的，但仅仅如此这般还不够，必须再有点别的才行。如果能穿得整整齐齐，长得漂漂亮亮，举止缠缠绵绵，那将更无懈可击，大获全胜。有些太太坐在梳妆台前，一坐便是三十分钟，坐得老爷叫苦连天——咦，对于那种，叫当太太的千万不要介意。孟轲先生曰："其辞若有憾焉，其心乃窃喜之。"便是说的这一类的事。世界上没有一个丈夫不愿自己太太美如天仙，但又不敢明目张胆鼓励她在脸上身上乱搞，抓住一点埋怨埋怨，乃人性之常。有些三心牌太太，丈夫对她固没啥可挑剔的，甚至还到处宣传她贤惠，不过心里总有点不是味道，尤其是面对着别的娇娃，那股劲就更难排遣，家破人散的危机乃在赞美声中埋伏生根。

女人们修饰自己，也就是说，女人们爱漂亮爱美，是正当的，也是她们的特权。呜呼，不但是特权而已，依柏杨先生之见，那简直是她们应负的严正义务——她必须有适当的打扮，以使她的丈夫爱她，她的子女敬她，她的朋友以她为荣。她至少也应使她的丈夫、儿女和朋友们不厌恶她。她如果做不到这一点，就是没有尽到一个女人或一个妻子应尽的本分，她就要付出代价。

一个女人，美丽不美丽，是天生的，漂亮不漂亮，却是后天的培养。天生的黑皮肤，吃啥药都不能使之变成雪白，但应想办法使之润泽；天生的罗圈腿，走起路来若鸭子散步，应靠毅力扳之使正；天生的笑时露出牙床，自不能从此不笑，但不妨少大笑而多微笑；天生的有点驼背，怎么也挺不直，则应经常地穿高跟鞋，同样可以刚健婀娜也。有些女人，生了一个孩子之后，便理直气壮地开始糟蹋自己，真叫人在旁为她捏一把汗。前月有一位朋友发生婚变，太太留学生也，读的还是目前最吃得开的美国语文，在某学堂教书，丈夫是个爱面子的人（谁又不爱面子乎）。若干年前，有一次一起去参加婚礼，两人约定在礼堂会齐，届时太太抱着孩子驾到，玻璃丝袜扭在腿上不算，还有一只重叠而下，堆在脚面上，一双平底鞋，鞋底烂而四溢，鞋面上东一块泥，西一块灰，丈夫顿觉脸上无光，便悄悄告诉她快去把袜子提好。她觉得他挑剔她，愤愤不理，丈夫不愿看她的嘴脸，便躲到休息室和新娘的爸爸聊天，十分钟后，该太太尾追而至，冲着他勃然曰："袜子提好啦，你可以消气了吧，我找你不容易，请也抱抱孩子，何如？"该丈夫站起来，夺门而逃。那一次便闹了个天翻地覆，柏杨先生是居中调解人之一，该太太悻悻曰："我就是穿袜子穿得不整齐，也犯不上发那么大的脾气呀。"呜呼，她念书虽多，却是把书念到狗肚子里去啦，竟不知道问题不仅在于袜子，而在于她的那种没情调、不懂风趣的气质。即以当天而言，她虽然提上了袜子，而鞋上的灰仍在也，其腰仍弯如虾也，其脸上的粉仍东一块西一块也，其头发仍是一个半月以前梳洗的也。尤其是大庭广众之下，她那些奇妙的举动，不但不能争回自己的荣誉，且徒使两个人都无地自容，我当下便警告她自我检讨。事后我一直为她担心，前些日子，她果然把家捣散。

真正天生的美女不太多，而且怪的是，天生的美丽女子，如无训练，往往索然无味。有吸引力的女人并不是全靠她们的美丽，而是靠她们的漂亮，包括风度、仪态、言谈、举止，以及见识。任何女孩子们都应注意的是，妻子就是妻子，既不是主人，也不是奴仆，既不是女儿，也不是娘。丈夫对她有各种矛盾的要求，当伴他外出时，她应是公主；当在家做家事时，她应是佣工；当谈情说爱时，她应是姘妇。最简单的一个例子可举出来：当她洗衣洗碗时，他希望她洗得又勤又净，可是当赴宴会和别人握手时，他却希望她的手又白又嫩。男人心理竟如此之怪，甚至如此之坏，一个做妻子的真应该恍然大悟，有所抉择。

以中国人而论，大体上说来，南方籍的夫妇，比北方籍的夫妇，要有情趣得多，盖北方人爽朗敦实的性格，他们内心虽如火烧，却缺少表达的能力，给人的印象是木讷无味。在北方，一旦成为好友，危急时他真能两肋插刀，为你卖命，但感情越笃，他和你在一起越是没话可说，盖他认为两人既属知己，就不必再花言巧语啦。这种气质固有其长，但在夫妻关系上，却实在别扭。柏杨先生有一位朋友，年龄已逾四十，太太大学堂毕业，且有两个可爱的男孩，去年硬是离了婚。问他为啥如此胡搞，他不回答，但日子既久，一直等他和那个介入的女孩子结了婚，酒余茶后，口风不紧，才略露若干，他曰："那女孩有一次把脸埋到我怀里，呓语般地说'我爱你'！老天，我结婚十五年，太太从没有讲过这种话，我以为这种话只电影上才有。"呜呼，所谓情调风趣，都离不开行动，诚于中而形于外。如果不能形于外，不出两个原因：一是根本不诚；一是呆头鹅，不知如何去形容也。这两种原因，无论哪一种，都会在家庭中造成阴影。名作家程大城先生曾说过，北方人不要说搞政治搞不过南方人，即是恋起爱来都恋不过南方人，盖北方人处理感情的方法实在是有点落伍。如果不信，有柏杨夫人为证，她年轻时固一时之杰也，清末之时，读洋学堂，虽是小脚，却会骑脚踏车，头披红巾，驰骋过市，路人为之侧目，我当初拍她的马屁，硬说她是“女侠飞红巾”，可是，结婚之后，粗线条不退，入了民国，被坏风气所染，更讲起男女平权来，情况就一天比一天糟。悲夫，一个女人粗线条再加上误解男女平权的真谛，真会搞得臭而不可闻也。女人终是女人，除非像虢国夫人那样地美如天仙，她便没有不施脂粉，不涂口红，不打扮得漂漂亮亮的自由。在美国，凡是不涂口红的女人会被认为是一种失礼，啥地方都不敢去，而在中国，却有人颇为欣赏，认为那是朴实无华。一个妻子，她有义务使丈夫看着她舒服。她不能做到这一点，她就是个不可救药的母大虫。

——我们前已言之，当指妻子时，也指丈夫；当指女人时，也指男人。盖把同样的话，只换了两个字就再重复一遍，实在辛苦。但在这里，柏老仍要重复这一段，一个丈夫，他有义务使妻子看着他舒服。他不能做到这一点，他就是不可救药的臭狗屎。

五个问题

半年以来，我们谈家庭焉，谈爱情焉，谈夫妇焉，谈子女焉，陆陆续续，颇使读者先生五体投地。柏杨先生上通天文，下通地理，中通人情，也真是很有点前途的人物。因之赐勉的信和请教的信，纷至沓来。看到夸奖之词，当然舒服万状。看到责骂之词，则一概不理。然而，有若干封信却提出若干问题，那些提出问题的信多半是私人的困扰，像他的女朋友如何如何啦，她的丈夫如何如何啦，关于此，我建议去请教台北《征信新闻报》的兰夫人信箱，兰夫人才高八斗，学富五车，比柏杨先生高明多矣，对问题之解决，能直抵核心。柏杨先生只对原则有研究兴趣，同时这也是自私之道。曾有位女士因经常被丈夫用烧红的铁条抽打，寄信问我如何办，呜呼，我如果劝她离婚，她丈夫烧红的铁条恐怕立刻就落到我身上，圣崽们也会群起而攻之。然而，我如劝她继续过下去，看她受虐待的情形，实在下不了那股狠心。故我避重就轻，只拣容易的干，把难题隆重推给兰夫人，该夫人真有一套，众生有难，向她求救，是最好不过的也。

整理来信，综合为五个问题，每个问题都严重得要命，不得不发发议论，一俟这五个问题议论完毕，便告结束。

一

王越默先生等对夫妇间吵架的事很注意，认为夫妇们总是吵架，恐怕要糟。我想婚姻糟不糟，与吵架没有定律性的关系。甚至我们可以说，婚姻固吵不垮的也。凡是表面上吵垮的婚姻，都有它非垮不可的内在主要原因，那是因要垮才吵，不是因吵而垮也，便是不吵，仍照垮不误，甚至因积恨太深，垮得还要更惨。我常看到有些人自傲曰："我们夫妇结婚到现在，连红过脸都没有。"我不禁心如刀割。悲哉，夫妇们乃是上帝特别制造的吵架动物。一个是男，一个是女，一个来自天南，一个来自地北，硬用感情和法律把他们拴在一起，便是把两头毛驴同拴到槽头上，它们还要又踢又咬，何况拴两个人哉？

凡是夫妇不吵架的家庭，准是一块阴森之地，既没有冲击，故也没有快乐。他们不能没有委屈（有些人曰，他们相爱太深，故没有委屈，那是瞎抬杠的说法也），有了委屈，不能或不敢或不肯发泄，闷得久而久之，不是把自己闷成了精神病，便是一旦爆发，天摇地动。而且平常日子还要强颜装欢，丈夫骗妻子，或妻子骗丈夫，那种家庭，连鬼都不留。

我说这话，不是劝人以吵架为乐，而是说，吵架不一定是一件坏事，不吵架不一定是一件好事。有时候还怪得很哩，夫妇间吵一次架，反而更多一层了解，更多一分爱情。夫妇等于两块都有棱角的石头，放到一个罐子里，怎能不摩擦生响乎？只有吵架才可使双方学习到适应之术，故偶尔小吵，不足为虑，且趣味盎然。盖吵过之后，男的向女的下跪，女的向男的道歉，那份热闹，固金不换的情调，整天假面孔相对的家伙，有屁福气。

不过，吵架本身便是一种艺术，一旦过了限度，也会伤到感情。有些家伙大怒时啥绝情的话都说得出，有些家伙则尚考虑到后果。

俗云：“打人不打脸，骂人不揭短。”夫妇间如果互相揭起短来，自尊心会全部瓦解，还能过日子吗？一旦把对方逼得“不顾一切”，那便要宣告收摊矣。在此我特别提出“咆哮公堂”的节目，若干年来，常有一种现象，丈夫在外面乱搞，或被疑心在外面乱搞，太太一气之下，便去丈夫的办公室大闹，或一气之下，去另外那个女人的家或办公室也大闹。她们之意，以为我这一闹，岂不使对方害怕——男的怕摔掉饭碗，怕断送前程；女的怕丢人，怕父母亲友师长责备羞辱。妙哉，这种如意算盘，真乃天下第一等狂想曲。爱情那玩意在本质上是无所惧的，不要说你大闹，便是刀子架到脖子上，都照干不误。如果他们的爱情是假的，你不闹也会自灭；如果他们的爱情是真的，你不闹时，或许还有消失的可能，你一去闹，抓破了脸，准家破人散，不可收拾。

我们可举一个例子加以说明，有一位朋友的太太，便犯了如此毛病，不知道是哪个心怀叵测的人向她献计，叫她去找另外那个女孩子算账，于是她头也不梳，脸也不洗，抱着孩子，跑到该女孩子就读的学堂，径找校长。在她的参谋人员看来，以为这一下该女孩子为了顾及学业，非屈服不可。不知道对女人而言，逼得她们不顾一切时，那才是一种真正的不顾一切，不要说学业，连父母子女都抛到脑后。于是女的走出学堂，女父大怒，也如法炮制，向男的主管老板提出控告，男的只好走出办公室。呜呼，古有成语曰：“为渊驱鱼。”正此之谓。用不着再继续打听，两个同病相怜的人物，一个背叛其父，一个背叛其妻，均被搞得无依无靠，自然结婚了事。当初若不逼得那么凶，固不见得有此结果。故一旦吵吵闹闹，发展到“咆哮公堂”的程度，便成了无药可救的绝症。

二

“一读者”先生等以“离婚”问题见示，以为离婚是悲剧，应极力防止。柏杨先生似乎只部分同意这种说法。盖离婚可能是悲剧，却不一定非悲剧不可，离婚是解决错误爱情和错误婚姻的最妙良法。我们常看到的往往是男人甩女人的离婚，或女人踢男人的离婚，总觉得简直应该活埋，如果我们也看到有些被天天苦刑拷打的妻子脱离魔掌，有些被骑到头上的丈夫走出樊笼，恐怕也会鼓掌称快。

不知道是哪个颇有点名气的家伙说过：“男女因误会而结合，因了解而离开。”该家伙一定吃过女人的苦头，才发此牢骚，但这牢骚却是用血泪换来的。一对夫妇既已搞得貌合神离，看见对方便如芒刺在背，恨不得分尸灭迹，不管它的原因是啥，与其将来真正发生社会新闻，丈夫杀妻子，或妻子杀丈夫，不如早一点你走你的阳关道，我过我的独木桥。

视婚姻如儿戏的人到底不多，尤其是女人，多半都打算嫁人一次。这种观念加上法律的保障，遂使一个家庭稳如泰山。如果有人一旦发作起来，非离婚不可，则一定有基本问题在那里捣鬼，像朱买臣先生的太太，闹着硬要和朱先生散伙，一般人都说他太太混蛋，我想混蛋不混蛋是另外一回事，整天和一个书呆子在一起，贫苦不堪，前途茫茫，恐怕就是换了批评最厉害的正人君子，都会一哭二闹三上吊。我们所研究的是，她在离婚后不是嫁了一个屠夫乎，以小人之心，度君子之腹，我猜她不会是离婚后才嫁的，恐怕在跟朱买臣先生还是夫妻的时候，已经暗渡陈仓矣，否则的话，在那个时代，再泼再辣的女人，都不至于逼着丈夫非“休”自己不可，没有外援，便没有那么大的劲。

不仅两千年前如此，即在现代，似乎也跳不出这个圈圈。太太们闹离婚是家常便饭，她们心中多少仍残留着少女时代被追求时那种余威，动不动便吼曰："我和你离婚。"好像想当年只要她不点头嫁他，便可把对方整惨了似的。这不过是孩子们咬人的姿态，丈夫多半安抚一番，自化干戈为玉帛。问题是，一旦丈夫当起真来，你说离婚，好吧，一言既出，驷马难追，说离就离。果真弄到那种地步，做妻子的固然伤心欲绝，那个当丈夫的也一定内容复杂。反过来，一个漂亮的妻子（没有姿色的女人，想红杏出墙都没法出），一旦搞得说啥都得和丈夫离婚，连孩子都可以舍弃，也不必往深处打听，内容也不简单，必有外援在也。那外援或许是一个百万富翁，或许是一个小白脸，也或许是一个什么什么莫名其妙的家伙，他在外发号施令，叫她闹则她闹之，叫她哭则她哭之，他买包巴拉松则她就放到丈夫饭碗里。呜呼，外援不断，家不得安，外援不除，内乱不止。

离婚的学问仅次于结婚，不可不察。

三

魏某某先生等不耻下问，问的是初恋是不是最美？女孩子是不是一直怀念她的初恋爱人？魏先生的太太动辄流泪满面曰："当初嫁给某某就好啦。"深感痛苦，不知她们是怎么个想法。

初恋是最美的，乃廉价小说上的笔法，我想有些小说，真叫害死人。初恋可能是最美的，却并不见得一定是最美的也。主要的是，在初恋没有啥结果之后，才把它硬想象为美不可言，一旦有了结果，丈夫天天揍她，她便美不起来矣。俗云："这山望着那山高。"人和人最怕比较，一比较便不可收拾。你说岳飞先生好乎？抑关羽先生好乎？你说文天祥先生好乎？抑史可法先生好乎？那真是很难分析。一个女孩子一旦有选择的机会，稍不如意，就免不了要想起另外那一个来，如果岳飞先生的太太婚前和关羽先生也恋过爱，恐怕她有时候也后悔没有嫁给关二爷也。

这种悔不当初的情形，在恋爱越自由的社会，越是普遍。盖女孩子只要有两个以上的男朋友，她便有资格到时候懊悔一番。柏杨先生曾看到一幅洋大人画的漫画，一个衣冠楚楚的中年人在电话亭里打电话，另外一个潦倒不堪，连鞋子都没得穿的家伙，一脸尴尬，站在亭外。衣冠楚楚地在电话中曰："亲爱的，你不总是说当初如果嫁给约翰就好了乎？他刚才来找我，我现在就带他回家和你聚聚。"那个漫画讽刺得恰到好处，可惜上帝不能把她们所有怀念的男人——打入地狱，事情之麻烦，也就在此。据洋大人统计，美国妇女至少有百分之七十五以上都在想念她过去的恋人，这不关她婚姻生活幸福不幸福，即令幸福，她也会为了好奇而推出种种幻想。不过在那百分之七十五之中，有百分之九十以上并不愿意认真地采取行动，一旦气消怨散，也就拉倒，纵然那家伙真的出现，也会相安无事。幸亏有此一着，女人们想得太多而做得太少，否则那真是要发生世界大战。理想之法，当然最好是像上面那幅漫画，那家伙不但落魄，而且还送上门来亮相。如果没有这么好的运气，则当丈夫的只有拼命努力，做犬做马的一途。

四

另一个问题，读者先生问得最多，那就是，夫妻间是不是要绝对地诚实相处。一位读者樊云先生并举了很多例子，他曰，在很多讨论家庭的书籍上，都是主张夫妻间要绝对诚实。问柏杨先生的高见如何？

柏杨先生曰：大哉问也，夫妻间当然应该诚实，这一点谁都没有啥可嚷嚷的，可是千万别绝对诚实，提倡绝对诚实的人真应该送到三作牌那里修理修理，以示薄惩。盖绝对诚实一定绝对垮台，婚姻是最高艺术，其妙无比，如果一板一眼都不放弃，那成了“匠”矣，还能入目乎？必要时玩点小花样，甚至必要时死都不承认，才是良策，有些倒霉的家伙就是误信了绝对诚实而吃尽了苦头，不可不提高警觉也。

前些时看到某报上有个什么妇女信箱，登了一个问题：一个快要结婚的新娘，写信问曰：她在十七岁那一年，曾跟一个恶棍上过床，当时父兄出面把那家伙饱揍了一顿，未予声张。可是她现在要结婚了矣，爱丈夫爱得要命（丈夫爱她自然也爱得要命），但她恐怕丈夫发现她不是处女而轻视她，焦急万状，不知如何是好。那个信箱的主持人隆重答曰：他既然爱你，自然会原谅你，不应欺骗他，应该诚诚实实告诉他。

柏杨先生看了之后，心如火焚，呜呼，愿上帝保佑她没有告诉他，她要真的傻里傻气告诉了他，我敢赌一块钱，她这一辈子有苦吃的。爱情不能建筑在希望对方原谅上，爱情的污点是永远的污点，他便是当时指天发誓，作圣崽状，说得天花乱坠，原谅她啦。可是偷了五十万美金他可以忘记，和别的男人上床一事，他便不会忘记。嗟夫，她为啥不向柏杨先生请教乎？她为啥不咬定牙关说她是骑脚踏车伤了处女膜乎？该信箱主持人真是天下第一混蛋。柏杨夫人有一表侄女发生了同类问题，丈夫大疑，惜未抓到证据，她看苗头不对，决心改过，想向丈夫求恕，被我知道，急曰：“又是一个混蛋，而且加三级混蛋，这秘密只有自己独享，说了之后准糟。”她不服气，结果她在家中变得没有丝毫地位，连大门都不能出，盖她丈夫一句话就堵住她的尊嘴，曰：“我不相信你！”弄得愁云密布，何苦来哉。

我说这话不是鼓励大家去乱搞，而只是说，适当的隐瞒可以消灾去难，夫妻间为了爱，为了怕对方生气而撒点小小的谎，乃高级艺术。

五

最后一个问题，恐怕没有人可以解答，那就是，爱的价值到底如何？提出这个问题的朋友多矣，柏杨先生也同样的一直在感到困惑。有时候爱情高贵得像一尊天神，有时候似乎又不如一只破鞋，差不多的纠纷都因此而起。《三国演义》上赵云先生有一句话，曰："大丈夫只患事业不立，何患无妻？"这句话真叫男人舒服，把女人说得不值一文。只要老子有事业，或有钱，或有高官可以训话，或可以抓人关人，娇滴滴的美女自会向我低头。我纵是狗屁不通，也会照嫁我不误。这种看法乃是把爱情当做事业的附属品，高贵不到哪里去。

自古以来，在爱情上受攻击最激烈的莫过于"商人"。古之时也，"商人重利轻别离"，为了做生意，经常远行，而且一去就是两年三年，音讯隔绝。复因交通不便，不能携带太太，只好把娇妻放到家里冻结。大家看在眼里，惜在心头，乃拼命开骂，骂他们一脑筋的钱，为了钱，连爱情都抛掉。

于是问题就出来啦，柏杨先生有一位女同事，六年之前，芳龄二十，便订了婚，当时尚绝妙青春，脸红红而眉黛黛，漂亮得不像话。她的未婚夫先生于订婚后即去美国，而今她已二十有六，未婚夫刚刚取到博士学位，还要再等一段时间，弄个像样的职业，积蓄点钱，方可把她接去。最乐观的看法，她二十八岁时能和他同床共枕，已算走运。这一类例子甚多，柏杨先生的朋友中，丈夫去美国十年者有之，妻子去法国十五年者有之，呜呼，为了挣钱而远离，固是俗种，为了读书而远离，又算啥种乎？读"马死脱"，读"打狗脱"，固可列入求学之类。然而，如果“远离”是一种罪恶，为挣钱远离或为求学远离，其远离的事实固一也。何况读了“马死脱”或“打狗脱”之后，目标并不一定太高级，只不过希望到啥公司，多拿几文钱而已。那位二十八岁才有希望做新娘的小姐，这几年的空虚日子实在值得研究，女人过三十岁结婚，连生孩子都得冒生命危险，何况其他乎。诗云：“夕阳无限好，只是近黄昏。”即令全是好景，也惜其不久也。

男女以心相许时，最重要的是终身相爱，其次是终身相守。常有些人发言曰：“我去求学，你等我十年。”他妈的，女孩子一辈子有几个十年？为钱而等，还有人笑，为“求学”而等，其凄惨却没有人注意，是何故哉。

柏杨先生不是鼓励年轻朋友只图眼前欢，图眼前欢更糟，而是觉得爱情有时候与事业不能并存（并存的人有福啦，其祖宗至少积十世之德，才有好报，可遇而不可求，急也没有用）。妻子如果一方面要把丈夫紧紧抱到怀里，一方面又要他出人头地，天下根本没有这种便宜的事。现在交通方便，太太可以随着丈夫乱跑，没有被冻结在故乡的危险，但仍有被冻结在房子里的危险。前年法国内阁阁员某部长的太太，把丈夫一枪击毙，便是恨他在家的时候太少也。悲夫，这问题真是大而且巨，恐怕各人有各人的看法，各人有各人的解决之道，尤其是各人有各人的运气，柏杨先生少插嘴为宜。

男左女右

爱情与金钱

家庭的基础有两个焉，一曰爱情，一曰金钱，缺一不可。有些男女鬼迷心窍，一味崇拜爱情，认为只要相爱，三天不吃饭，只喝凉水都能不饿，那是少不更事的看法。呜呼，有一点说穿了准叫人发脾气，贵阁下仔细研究过没有，离开金钱，便没有爱情，至少也要影响爱情，而终使之破灭。有些爱情如火的少女，除了爱情，啥都不要，可是一旦爱情到手，固仍是啥都要也。柏杨先生总是在想，王宝钏女士苦守寒窑十八年的事，实在大大地可疑，恐怕根本没有王女士那个人。这不是我瞧不起爱情，而是我不敢瞧不起金钱。

和这恰恰相反的，也有些人昂昂然自以为深得人生三昧，见了钱眼睛就花，认为只要对方有钱，我便快乐，爱情算个屁哉。这是一种聪明透了顶的看法，没有钱绝对痛苦，但如果把快乐单独建筑在金钱上，那比单独建筑在爱情上还要危险。这不是柏杨先生忽然板着面孔乱训人，而是，一个人的欲望如果只是追求金钱或权势，他便永不能获得满足，而不满足便不能快乐。

爱情和事业间的矛盾，是人生最大的痛苦，根本无法调和。一个男人如果不努力上进，那算个啥东西？可是一旦努力上进，或负笈海外，或天天不在家，都无法跟妻子长相厮守。某一美国杂志上曾著论曰：美国太太们俱乐部之风最为流行，因她们太孤寂啦，甚

1981年,柏杨出狱后第一次获准离台,接受新加坡《南洋商报》之邀,并至马来西亚、香港一游,照片中左:杨小姐,中:柏杨,右:张香华。

嗯,马来西亚的烤鸡又香又辣!

至想偷情都没有对手。盖所有的男人都忙，为激烈的生活竞争而挣扎，有偷情功夫的人不多也。不过，一提起“事业”，容易使人生出一种肃然起敬的伟大之感。赵先生开了一家工厂，钱先生开了一家公司；孙先生竟然造了七八条船，李先生留学美国三十载，回国后当了大官。周先生的官更大，二十年前还是科员，如今当了部长，不但一呼百诺，而且又是供给制，其他武先生、郑先生、王先生，无不位尊而多金。这就是一般人心目中的事业矣。赵云先生所谓“事业”，大概不外如此。对于这些，我们一点也不轻视。问题是，聪明透了顶的人常攻击爱情算个屁，事业第一。嗟夫，其实上述的那些玩意，恐怕也只能算个屁，如果那也叫事业，也值得煞有介事地洋洋自得，那才是黑无常见了白无常者也。我想没有几个人的事业比得上吾友凯撒大帝，但凯撒大帝临死时，念念不忘的不是他的事业——罗马帝国——而是他的娇妻爱子。（帝国这玩意比起一个工厂，或一个公司，或一个官，如何了哉？）有一首元曲真该看看，曰：“袖遮银灯，手掩书卷，带笑呼郎听妾言。天到这般时候，你还不眠。不见那铁甲将军夜渡关，不见那朝臣侍漏五更寒。全部是为功名辜负了鸳鸯枕，为富贵忘却了艳阳天。郎啊，你纵有钱，难买妾的青春美少年。”

呜呼，爱情和金钱——也就是事业——像两个翅膀，缺少一个，便不能起飞，硬要它起飞的话，准跌得头破血流。一脑筋幻想的爱情至上主义者和视钱如命的拜金主义者，都不能产生幸福的婚姻，如何使二者平衡发展，或二者冲突时，要哪一个，弃哪一个，那就要看各人的智慧和各人的运气矣。

男左女右

三心牌

一朵鲜花插到牛粪上，固然是一件始终要天下大乱的危机，一条臭鱼端到筵席上，也同样地总要闹出名堂。唯一相异的是，漂亮的女人嫁给其蠢如猪、其心如狼的丈夫，她自怨自艾，粉泪频弹，还有人同情，骚人墨客，或咏之以诗，或写之以文，野心勃勃之士，则乘虚而入，以慰寂寞芳心。可是一个英俊能干、心怀大志的男人，一旦娶了一个三心牌的妻子——见了恶心，想起伤心，谈到痛心；把自己搞得壮志全消，生趣全无，却很少有人同情。不但很少有人同情，反而会有圣崽者出，责他好色焉，不安分焉，不正派焉，心猿意马焉，简直罪大恶极，一文不值。到了那个地步，真是哭天不应，哭地不灵。

不知道是哪一位有学问的人研究出来的，诸葛亮先生所以有伟大的勋业，应归功于其妻甚丑。盖他的太太大概属于三心牌之流，诸葛先生既然一看她恶心，便不如索性不再看她，埋身于军营相府之中，夙夜匪懈，拼命为公。同一道理，当初姒文命先生治水九年，三过家门而不入，大概他的太太也不太高明，假使她娇艳如花，恐怕三更半夜都要溜回去一享温存，说不定影响了公务，一直到今天，内地仍泡在水底下。

这种有关诸葛先生的学说，有其教育意义，发明此学说的人显然地在歌颂怨偶并以之安抚一些倒霉朋友。那意思就是说:你不是对太太不满意乎?没有关系,太太乃身外之物,理她干啥,只有荣华富贵,显亲扬名,才是真的,才值得重视,不可因小失大也。

问题是,再强大的安抚,只能安抚其嘴,不能安抚其心。一个人如果根本是一根呆木头,没有感情,便不会有怨偶之事发生。如果有怨偶之事发生,那就证明他有感情,而有感情的人,叫他们放弃榻上枕畔,和秀屋闺房的万种风情,可能性不高。

清王朝之前,女人们如嫁了个不满意的丈夫,大多数只好自叹命薄。而男人们如遇到不满意的妻子,却有补救之道,那就是娶个小老婆过瘾。这办法不知道是谁发明的,真可得诺贝尔奖金。盖古代只有休妻而无离婚,朱买臣太太明明把丈夫一脚踢,但她却不能和他离,而只能要他写一“休书”,天下名实不符的事,有逾于此者乎?但正可看出男人们的威风。不过也幸亏有娶小老婆之道,如果没有娶小老婆之道,女人们的遭遇将更悲惨,大爷有的是钱,今天娶一个,玩腻啦休之,明天再娶一个,玩腻啦再休之。在女人尚无社

1984年,游美文学家马克·吐温故居,与其头像合影。

会地位，又不能独立生活的时代，恐怕她宁愿过吃醋的日子，不愿过流落街头弃妇的日子也。

男人既有补救之道，往往一开始就不怀好意，圣人云："娶妻娶德，娶妾娶色。"呜呼，你看这算盘打得多么如意！柏杨夫人对此法再赞成不过，盖柏杨先生"德"是没有问题的，唯"色"则绝无，如果在从前世代，她敢阻我再娶一漂漂亮亮的小姣娘乎？现在真是年头大变，娶妻不仅娶其德，亦要娶其色焉，没有德固然叫人生气，没有色也叫人生气。古时男人因有补救之道，所以娶妻时可以马马虎虎，大我几岁没有关系，丑如鬼而蠢如猪，也没有关系，盖必要时可以把她冷藏，只要你有办法，娶上三个五个花枝招展，平常之极。所以女人怨男人的多，男人怨女人的少。

现在则大大不然，男人一经结婚，尤其是在急摘麦穗的情形下，抓一个娶之，若美女然，其命就定啦。女孩子在恋爱时，拼命自敛，望之若淑女然，若有学问者然，若高贵不可攀者然。一旦同床共枕，原形毕露。当初看她杏脸含春，原来满布着麻子和雀斑；当初看她柳腰盈握，原来是钢丝束的；当初看她齿若编贝，原来全是假牙，一天不洗都臭而不可闻也；当初看她玉脚如削，原来满是鸡眼，一步一痛；当初她终日沉默，你以为娇羞不胜，寡言必结，原来她是个咬舌兼结巴；当初她侃侃而谈，跨上单车，如飞而去，你以为她刚健婀娜，原来她是个十三点；当初她手拿洋文之书，满口洋文发言，你以为她至少也是高中学堂毕业生，原来她只会那么几句，洋文书乃借来专门骗呆瓜的；当初她妙喉可歌，玉腿可舞，你以为她多才多艺，原来她学了三年，只学会了一歌一舞，等阿木林上钩时露那么一露。如此这般，婚已结矣，生米已煮成熟饭矣，你怎么办吧。

这事如发生在十八世纪之前的汉唐盛世，前已言，根本没有问题，但如今可麻烦大啦。第一，你不能把她冷藏，她有她的社会关系和亲戚朋友，七嘴八舌，她便想被冷藏，也冷藏不住，何况她死也不肯被冷藏乎？第二，你又不能再娶，即以柏杨夫人而论，她的道德修养，使人敬佩，我说啥都行，连吃大蒜都行，可是，只要一谈到再娶漂亮小姐之事，立刻火山爆发——柏杨夫人尚且如此，其他一些差劲的太太，恐怕更要凶猛。何况我最近忽然听说有关法律规定，重婚罪不是告诉乃论的，即令一男二女，大家全同意都不行，检察官仍可提起公诉。这算啥法律耶？真要把有三心牌太太的男人，全都逼上梁山。

年头儿真是有点不对劲，在怨偶所显示的问题上，古今就大大地不同。古时女人哀怨的多，像宫女们的哀怨，便天下皆知，用不着找哪个宫女当面问个清楚，靠想象都可推断出来。几千几万个妙龄少女，守着一个当皇帝的臭男人，怎能不哀而怨之哉？幸亏她们是女人，哀怨一阵也就作罢，如果她们是男人，恐怕早暴动起来，把当皇帝的婆娘撕个稀烂。

除了宫怨，闺怨更是普遍："悔教夫婿觅封侯"，少妇怨也；"商人重利轻别离"，主妇怨也；"上山采靡芜，下山遇故夫"，弃妇怨也；"夫婿轻薄儿，新人美如玉"，大妇怨也；"波澜誓不起，妾心古井水"，寡妇怨也；"坐愁红颜老"，老处女怨也；"打起黄鸳儿"，征妇怨也；"谁怜越女颜如玉"，贱女怨也；"苦恨年年压金线"，穷女怨也。

看起来好像从前的女人无一不怨，封建制度及农业社会使然。然而，从前那些致怨的原因，到如今差不多都风消云散，你只要努力，均有打破之途，不似当年那般绝望。首先是宫女行业已彻底取消，想怨也怨不起来；闺怨的情形固多，但其本质却跟从前不同，丈夫出征或经商，妻子可尾追前往，人情所许者也；离婚或守寡，马上就拍拍屁股再嫁，而且和前夫见面，握手言欢若老朋友；至于贫贱之女，一旦选上某某小姐或是跟某官大商的儿子恋上爱和结上婚，便有得汽车洋房矣；至于丈夫在外面胡搞，看起来不得了，实际上没啥，普通讲起来，一个公教人员，你连一个太太都养不起，何况多一个太太乎？何况法律人情似乎均站在女人这方面乎？丈夫把妻子揍一顿，一状告到衙门，众人大哗，可是妻子揍了丈夫，却没人打抱不平。

年头大变的结果是，过去男人怨者少，甚至连一个怨的都没有（有的话只是苦恼）。可是今天便迥然不同，男人也同样地会成为怨偶中的主角，这是一个有趣的课题。古时男人顶多嫌其妻“悍”，而今男人不怨则已，一旦怨之，一半以上是嫌其妻“俗”，悍虽可惧，不悍时还有可爱的一面，唯俗难医，严重者在此。

古时怕老婆的故事甚多，几乎全是因为臭男人存心不良，对妻子不得不怕，怕中有敬，也多少有点抱歉。今日一旦娶了一个不满意的太太，则问题不在怕，也不在惧，心头升起的乃是一种难耐的感觉。《醒世姻缘》对此有一惟妙惟肖的形容，盖不合适的婚姻，犹如用一把钝刀割自己的脖子。真是个中人言，恰恰搔到痒处。《醒世姻缘》上的男主角，他的太太不过仅只“悍”而已，已如此痛苦，现在的男主角，往往遇上的是一个更厉害的“俗”，那真是如两把钝刀，同时俱下。

从逻辑上讲，应该非常美满的婚姻——便是请一百个入美国籍的科学家化验分析，都找不出不美满的理由，像徐志摩先生和他的前妻王女士，真是天造地设的一对，两人都受过高等教育，门当户对，又都有的是银子，而男的英俊，女的美丽，简直挑不出一点毛病，可是他们却硬是一对怨偶，终于决裂。世人多半责备徐志摩先生，说他莫名其妙，却忘了婚姻是否美满，只有主观自知，不能客观分析，局外人绝对不知道也。诗云：“寒天饮冰水，滴滴在心头！”有些人饮了冰水冻得直发抖，有些人说不定刚赛跑回来，饮了冰水舒服得不得了，有些人喝之会生病，有些人喝之则精神百倍，不能同日而语，一概而论。

柏杨先生有一位朋友，大学堂毕业，任职一家工厂经理，娶一漂亮的留美女学生，乃苦恋而成，这种婚姻，我敢赌一块钱，它非美满不可。却想不到没有两年，竟然告吹。盖朋友每入闺房，便唉声叹气，兴趣索然，娇妻百般慰之媚之，都没有用。后来再娶一妻，亦一大学生也（那个该死的家伙真他妈的有福）。婚后半年，他的故态复萌，娇妻大怒，以手掴之，再以高跟鞋踢之，把他的尊腰几乎都要踢断，朋友却喜不自胜，视她为天人，爱之喜之，敬之惧之，若奴隶然，原来他天生的受虐狂，不挨揍便不舒服也。后来我曾问他曰："兄台，你当初为啥不直讲，请她动手乎？"他答曰："你懂个屁，这玩意非自动自发不可，一经请求，便治不了病。"呜呼，那位第二任太太幸亏及时下手，迟则准又有婚变。

受虐狂当然是一个极端的例子，我不主张太太们一试，试不好更糟。但这故事可以说明一点：夫妇之间，一旦成了怨偶，一定有不合适之处，犹如一个人穿上新鞋，痛不痛只有他自己知道。他已痛得双泪齐流啦，而你却在旁拍巴掌曰："这鞋子真好呀，样子好，皮子好，穿到你脚上美观大方，最高贵没有，你喊哎哟干啥，如果说这样的鞋子还不满意，非脱之不可，那未免太王八蛋。"我恐怕纵是再写上一百本书，证明那鞋子是合适的，他也穿不下，宁可打光脚板。

语云："求忠臣于孝子之门。"一个人连其生身父母都不爱，都不知报恩，还能爱他的国家，还能爱他的朋友乎？父母养之育之，抱之负之，辛辛苦苦，从孩提照顾到成长，他说叛变就叛变，国家对他的义，朋友对他的情，更算老几？可惜一个人一旦当了大官，父母双亡，每逢母亲节或父亲节，他命令秘书代作一文，悲戚之至，好像他真是一个孝子一样，说不定老人家若真活下去，他会把他们丢到野地里喂狼。

吾友周弃子先生则另有理论，他曰："一个人对婚姻不满意，打架吵架，闹得天翻地覆，离之弃之，闹得身败名裂，这种人具有极端性格，可为国而死，可寄妻托子。如果一个人对婚姻不满意，竟把太太弄得团团转，威吓以镇之，巧言以骗之，耍花招以欺之，而自己在外边大搞特搞，到发表言论之时，却又道貌岸然，成了正人君子。这些人性格上专干对自己有利的事，喜妥协而惧艰难，当汉奸的，当叛徒的，皆是这一类人也。"诗人论调，听起来吓人一跳，然仔细一想，再和现实对照一下，从叛徒身上搜集一些资料，可知诗人真是有点学问。

男人对付不满意的婚姻，有一个明显的特征，那就是云游四方。一个男人，如果天天早上离家，一直在外面跑到深夜不归，除非他是政治家，或其他的职业，如计程车司机等等，非跑不可，否则，其家庭多少有点问题。盖男人对付三心牌太太，只此一途，以便眼不见心不烦，等到深更半夜回家，其累如牛，躺到床上便睡，关灯之后的枕畔人，比较容易将就。在这里，柏杨先生隆重告诫做妻子的，假如你的丈夫有云游四方的毛病，宜立刻提高警觉，但千万不要去和他又打又闹，而是应检讨检讨自己。

家庭离散，婚姻破裂，差不多都由云游四方开其端，开端之后，做太太的再不恍然大悟，想办法把他拉回来，其结果准惨。男人在这方面和女人不同，女人总是先有外援，才谋拆伙，如无外援，多半自忍自受。男人则不然，有外援固然搞得一团糟，无外援亦然。开始不愿回家之时，只是对妻子的一种无言的反抗，在外乱跑，并不舒服也，可是等到跑成了习惯，便无所谓啦。等到有另外的女人乘虚而入，他就昏了头；等到那女人给他一种他妻子从未给过他的温存，而且硬要嫁他，恐怕他就非提出离婚不可。

社会是一个战场，家庭则是一个堡垒。一个男人每天都要走出堡垒，和社会作战，受打击，受折磨，受羞辱，以及受种种痛苦，回到自己的巢穴之中，伏地喘息，伸舌舐创，以便明天继续再斗。如果这堡垒、巢穴是温暖的，谁不愿回去乎？而有些男人竟不回去，其中的道理便太大。我有一个朋友，家住台北郊区乡间，距火车站尚有里许，均为泥泞小径，他也是属于云游四方之类，有一天，同赴宴会，饭后他非拉我去茶馆下棋不可，下了几局，浓云密布，我劝他回家，他曰："早得很哩！"不久大雨倾盆，一直下到十一点才算完结，我送他去车站搭最末一班车，他手擎雨伞，面色沉重。等到车开之后，我不禁想到，把丈夫逼到如此地步，妻子能辞其责乎？

丈夫对妻子不满，常由于小的节目。而婚姻成败，也常决定在这些小的节目上。又有一位朋友，常跟他的太太打架，四邻为之不安，他的对策也是云游四方，有一次竟云游了四天之久，太太哭哭啼啼到处诉苦——说她自己如何如何的好，丈夫如何如何的坏，其意在争取朋友对她的同情，以帮她助她。却没有想到，这一下子等于公开宣战，丈夫听了之后，回去把她狠狠地揍了一顿，再出去云游不误，而且扬言非离婚不可，经亲友一再劝解，并询问他到底跟太太有啥不合之处，他说了一大堆，最后等没人之时，我曰："你别瞎扯，要说老实话。"原来是这么一回事，自结婚以来，他太太穿玻璃丝袜，没有一次穿整齐的，亦没有一次线条笔直的，而他烦的就是这个也。我以为简单之极，亲自出马，找他太太谈判，不料那位太太突地跳起来，吼曰："咦，他嫌我穿袜子穿得不好看丢他的人呀？他叫我穿得漂亮，给我钱买呀，我难道不会穿呀，他挑剔到袜子上来啦，哼。"

呜呼，幸亏我不是她的丈夫，如果我是她的丈夫，我要被哼得云游四方，恐怕至少三十年才回一次家，盖她的那股哼劲，难以消受。

比了解上帝都难

依柏杨先生高见，要了解女人，比了解上帝都难。凡是有过紧张恋爱镜头的臭男人，都一定有此痛苦之感。我们平常是以推理去判断女人的，好比说，她既然花了那么多钱做了一件旗袍，当然要天天穿之，可是她偏偏只穿了一次就挂在那里让它生尘，问她为啥，她也说不出理由，如果非问不可，她会淡淡地曰："我不喜欢它啦。"盖女人只是一个单纯感情动物，而不是推理动物，她每个时候说的话都是真的，过去她说永远爱你，她确实是要永远爱你。现在她说不爱你啦，也确实是不爱你啦，没有啥惊天动地说出来人人点头的道理，而只是靠她们的直觉。呜呼，女人们的直觉固然不见得可靠，但可靠的时候却也颇多。臭男人用推理推不出来的东西，她们能用直觉感觉出来，于是，臭男人爱上一个太太小姐时，那太太小姐马上就知道他在打自己的主意。而太太小姐爱上一个臭男人时，那臭男人可能一辈子都不知道。写到这里，不由得为臭男人深感悲哀。谨顺便提出紧急呼吁，凡是爱上张雅民先生和爱上柏杨先生的女士，要表示就请快点表示，莫待我们翘了辫子，你便后悔莫及也。

有一点要贡献给张先生的，女人们的话并不全部可靠。有些走极端的朋友，每每曰：女人都有外交官的气质，当她们说"是"的时候，一定是“不是”，说“不是”的时候，一定是“是”。有一则故事，不知道张先生有没有印象，一个乡巴佬进城，别人告之曰：“城里人都是坏蛋，说话只可相信一半，才不致吃亏。”乡巴佬为了不致吃亏起见，乃切记该言。买布时老板说八元一尺，他还价四元；吃面时堂倌说十元一碗，他还价五元，闹了一阵之后，劝架的把他救出重围，乡巴佬问曰：“老哥贵姓？”劝架的曰：“敝姓陆。”乡巴佬曰：“原来你姓三。”又问曰：“你有几个太太？”陆先生曰：“一个。”乡巴佬恍然曰：“原来你们是两个人合娶的。”我想我们不能如此看法，如果这么简单明了，女人的行为也就没啥可稀奇的啦。

不过太太小姐们很多行事，绝不能全凭她们口中的一面之词去判断，男人们吃亏就吃亏在好推理上，对学问用得上推理，可是对女人推理的话，无不封杀。抗战时候，我的一个朋友便因推理而把妻子大人推得无影无踪。有一天他带了他最最要好的朋友回家，太太凭第一印象便表示意见曰：“这家伙贼头贼脑，一股流氓相，讨厌得要死，你以后别把他带回来。”朋友听啦，不禁大笑，说她莫名其妙。因为是知己朋友，当然会带他回来，而太太讨厌他，自是贞节的保障。可是，没有过三个月，该朋友的笑声仍在耳际，而太太和那个“贼头贼脑，一股流氓相，讨厌得要死”的家伙私奔他娘的啦，害得丈夫头戴绿帽，东找西找。柏杨先生路见不平，拔刀相助，也帮着找，最后好不容易把该太太找到，揍了一顿（我的朋友还算好汉，恐怕有些人还舍不得揍哩），揍了一顿之后，咆哮曰：“你说你讨厌死他，怎么又爱上他啦？”女人要是推理动物，此时一定哑口无言，可是该太太固振振有词也，你猜她说啥，她鼻涕一把泪一把曰：“我告诉过你不要把他带到我们家呀！”

事情到了这步田地，该朋友苦口婆心，加以开导，揭那家伙的底牌，说他过去玩弄的女人已有八个之多，若北平的赵丽丽小姐，若上海的钱真真小姐，若纽约的孙玲玲小姐，到了最后，在广州时，还把一位李倩倩小姐分尸，吃了五年官司。一些臭男人的看法，以为只要一揭该家伙“玩弄女人”的底牌，他的恋爱准垮。呜呼，柏杨先生敢跟你打一块钱的赌，再厉害的底牌她都不会在乎。果然，该朋友辛苦了半天舌头，太太叹口气曰：“别说啦，别说啦，我统统知道，我第一眼就看出他不是好东西，告诉你不要带他来，是你硬要带他来的呀。现在事已至此，说也没用，大概是我前生欠了他的债，跟他是跟定啦，你们二位回去吧。”怪哉，女人对过去模糊不清，对将来也同样模糊不清也。

还有一个人人皆知的例子，谨提供张雅民先生三思，那就是电影明星叶枫女士露的那一手，她在猛追李南辉先生的时候，一提起另外也是演电影的男明星张扬先生，就满脸不屑，说他“死相”，看起来她对张扬先生厌恶到了顶尖，无法挽救矣，那时候柏老如果预言她会嫁给张扬先生，准有顺调分子向治安机关打我的小报告，说我思想有问题。可是搞来搞去，她硬是嫁了张扬先生，这种不按逻辑的干法，岂不叫喜欢推理的臭男人目瞪口呆。看情形是，对于女人，只有不推理的一途，才能豁然贯通。君有没有打情骂俏过乎？漂亮小姐拧你一把，你曰“讨厌”，非真讨厌也，其词若有憾焉，其心乃窃喜之也。朋友太太说该家伙贼头贼脑，非真贼头贼脑也，其词好像骂之。其心乃窃爱之也。叶枫女士说张扬先生那副死相，非真那副死相也，其词若甚恶之，其心乃窃慕之也。在《堡垒集》上似乎也曾举过一例，谨再为张先生叙述一遍，一个太太告诉她的丈夫曰：“对门老王，他常常看我。”丈夫曰：“理他做啥？”太太曰：“我今天对你说，你不在意，以后被他看上啦，却不与我相干。”你以为这是笑话乎，这不是笑话，该太太如果决心被看上，对门老王怎能不看上乎？

所以说请张先生转告你的表兄，再好的朋友，都不宜留在家里长住。盖从前的富贵之家，全是深宅大院，太太小姐，不出二门，男宾男友，不进内宅。就是住上三月五月，甚至三年五年，有啥关系哉？而今不行了啦，都市中再大的房子都不能和从前相比，而妇女又社交公开，你可以闭着眼睛想想那是一种啥精彩的场面，丈夫上班去啦，留下热情而又寂寞的太太小姐，难免到客厅里和朋友聊聊，该朋友虽然找不到工作，但固风流潇洒，谈吐不俗之士也。太太小姐喜欢音乐，偏偏他会弹钢琴，拉提琴，唱两下子焉。太太小姐喜欢跳舞，偏偏他会伦巴、吉里巴，以及扭扭探戈焉。太太小姐喜欢文艺，偏偏他是一个大作家焉。太太小姐喜欢看电影，偏偏他啥电影都懂，连萝卜太辣都认识焉。太太小姐正苦手中无钱，偏偏他和当铺老板有交情焉。如此这般，不出问题者，恐怕真得神仙保佑，而且小神仙还保佑不住。这一类事发生的太多矣，而且为凶杀案主要来源之一，唯一防止办法不在自己的道德高，而在别惹火上身，你说对不对乎？

男左女右

老妻少夫

夫妇们的结合，年龄是一个最大的考虑，提倡爱情不讲条件的人，于此又被打一嘴巴。《边疆英烈传》上那个唯一的女主角把男主角赶出房子之后，曾厉声问曰：“假如我是一个七八十岁的老太婆，你也如此殷勤，硬要为我效劳乎？”问得男主角呆了半天也说不出答案。这可说明一点，恋爱也好，失恋也好，甚至成了怨偶，打打闹闹，以至仳离，年龄往往占一个重要地位。这是一个沉重的“结”，最好是一开始便没有这个“结”，不幸而有这个“结”，怎么把它解开，就得各显神通。

大概任何农业社会，都流行早婚，而任何早婚社会，差不多都有一种现象，那就是妻子的年龄往往比丈夫的年龄大。中国北方，尤其如此，争取人力故也。盖当丈夫的男孩子，不要看他在结婚之日，头戴金花，身坐大轿，神气得不得了，实际上主角并不是他，他只不过一张领东西的收条，凭该条收到新娘一名。收到之后，便不再重要，而交由母亲支配矣。洗衣烧饭，下田耕种，俗话说，一个好媳妇等于三条壮牛。柏杨先生在家乡时，常见一些少妇收割玉米，禾高没人，禾叶如刀，如果是在台湾，女人们一定浑身密密地包将起来，只露两眼。北方的农妇则不然，她们的婆婆叫她们把两袖和裤管卷起，问婆婆那是为啥，婆婆曰：“肉割破了会慢慢长好，衣服割破了岂不要换新的？”此固可看出北方之穷，婆婆之恶，但也可看出娶媳妇的主要作用何在。

因之，一个十四五岁的男孩子，其新娘往往是十七八岁，十八九岁，二十岁，二十一二岁，甚至更大，那简直是一场残忍的玩笑。看过小姐选拔的人恐怕都有此感，女孩子到了十七八岁，已经相当成熟，知道自己照料自己，俨然的小大人、小母亲，此时便是把一个家庭的重担放到她身上，她都能担当得下来。可是，不要说十四五岁的男孩子，便是十七八岁的男孩子，又如何乎，不必逐户调查，只要到一个高级中学堂参观一下，便知梗概，十七八岁的男孩子尚是一个脏兮兮的小泼皮，满脑筋无法无天，不仅不懂得家庭和婚姻是啥，连他自己是啥，他都不知道。

那种婚姻的结局实在用不着预卜，很多做丈夫的结婚时还闹着要跟妈妈睡，柏杨先生的堂兄于光绪十三年中秋节娶亲时，年方十四，被父亲打着骂着，推入洞房，他就滚到地上大哭大号，若死了亲爹然，结果还是隔窗答应明天给他买一匹小马，才由新娘服侍上床，可是堂兄生性胆怯，新娘一挨他他就叫，使得听房的人啼笑皆非。呜呼，做丈夫的固不快乐，做妻子的，其痛苦恐怕更加数百千倍，真是把女人不当人也。

早婚的怪事现在当然已经绝迹，但即令是自愿的，妻子的年龄比丈夫大，也是悲剧。抗战时，兰州某大学堂，有一位女教习，爱上了她的男学生。如果反了过来，是男教习爱上女学生，那简直是杏坛佳话，可是女教习爱上了男学生，那情形就非常的特别，闹了个天翻地覆，恰恰该男生的姐姐也在该大学堂执教，反对最力，曾当众骂那个女教习勾引她的弟弟，但他们仍是结了婚。假如是男教习和女学生结了婚，往往等于开始他们的幸福生活，但女教习和男学生结了婚，不仅不能开始幸福生活，反而更糟，姐姐大人首先训该女教习曰："你虽是一个老太婆，年龄比我还大，但仍是我的弟妇，我要好好管你，你们就住在我家，不准到处乱跑，你应把我弟弟服侍得舒舒服服。"小丈夫的男同学们，每天蜂拥地跑到新房，喊女教习为"大嫂"，叫她泡茶，请她递烟，谐谑百端，而做丈夫的不过是一个未成熟的大学生而已，情绪既不稳定，性格尤其暴躁，女教习服侍他再好，每逢他看到同学们如花似玉的年轻女朋友，而他妻子竟是一个满脸皱纹的阿巴桑，他就生气，起初时尚可自制，久而久之，则委屈之感，积压如山，经常对女教习詈之骂之，打之揍之。抗战胜利的那一年，该女教习已被她心爱的小丈夫折磨得疯疯癫癫，精神恍惚，望之更难入目，经朋友建议，还是离异了事。

这是一幕活生生的警世悲剧，一定有不少朋友知道这故事，并能提名道姓。我想以女教习的学问，她应该知道年龄问题的严重，而她竟不知道，那是她的蠢，吞下自己蠢的果实，固不能怨天尤人。

这并不是说柏杨先生天生的狼心狗肺，对女教习毫无怜悯之情，竟用别人的不幸来证实自己的真知灼见。而是说，我想女教习当初一定也曾考虑到年龄问题，不过她不相信真的会如此严重。就这一点，我就誓不饶她。

有很多事是不公平的，但为了婚姻美满，就必须承认那种不公平。天生傲骨的人，或是像《圣经》上形容的某些人，他以为他的力量可以超过上帝，很多怨偶便由此出笼。中日八年大战时，蒋百里先生曾在汉口《大公报》上发表一篇文章，题目曰：《一个外国人眼中的日本人》，其中有一段谈到这一类的聪明人士。手边无书，记得其大意曰："有一个土坑，前边的人掉下去啦，后边的人绕着它走，自以为掉不下去，结果仍是掉下去。"年龄与婚姻的关系也是如此，我就不相信那位女教习竟真的没有想到她和她学生间的年龄悬殊问题。如果她竟真的没有想到，那谓之不可救药；如果想到了而认为那问题可以用爱情克服，或可以用化妆克服，那简直是更不可救药。一个女人必须读一读蒋百里先生那篇大作，别人既然跌了进去，自己就实在没有必要再绕着它走。军事冒险，或可成功，年龄冒险，没有一个不溃不成军。因之柏杨先生曰："爱情可以克服任何困难，但不能克服年龄上的困难。"

上个月的某一天，柏杨先生在街头旧书摊上东翻西翻（我最喜欢逛旧书摊，一则买点便宜货，一则趁老板不备，即行顺手牵羊，每次均有所获），忽然翻到六七年前的广播杂志，接连几期，均用大量篇幅介绍"我爱露茜"节目。露茜女士是美国的大大明星，年龄比丈夫大得多，他们共同主持这个幸福家庭的节目，意在用事实粉碎如柏杨先生之流伤风败俗的理论。你看，妻子虽然比丈夫年龄大，还不照样的幸福乎？该文当然是翻译的，报道甚详，有该夫妇的起居注焉，早上干啥，中午干啥，晚上干啥，她如何爱他，他又如何爱她，作者气势汹涌，怒目而号曰：一般人都以为她不久长，而现在不是久长了乎？

柏杨先生六七年前便曾拜读一遍，当时就觉得并不简单，而今再翻旧志，立刻花容失色，盖他们那一对国际闻名的标准夫妇，于去年离了婚啦。再伟大的爱情都抵挡不住年龄的破坏。

上帝似乎专门拆散那些女大男小的婚姻，他不必直接下手，只要玩点儿花样就如愿以偿。不知道怎么搞的，女人总比男人容易衰老，两人同是二十岁三十岁时，还看不出什么，一旦进入四十，苗头便开始不对，再进入五十，那就悬殊天壤。一个男人，十年八年不见面，再见时仍是那个模样，四十岁不比三十岁更老，五十岁看起来和四十岁差不多。而女人就危险重重，二十岁或三十岁时，固娇艳如花，可是到了四十岁五十岁，除非天生尤物，或是她听从柏杨先生的意见，经常注意修饰和培养自己的吸引力，否则其模样真将不堪闻问。盖男人耐老，坚韧如木，凋零起来不太明显；女人如花，盛开时美不可言，凋零起来却快得很。

柏杨先生曾亲眼欣赏过一幕奇景，三十年前卜居广州时，敝堂兄一天午睡，闻门外唧咕之声不断，乃起来干涉，原来一蛋贩在门口卖蛋，逐之使去，该广东佬曰："我也不是自己来的，是你妈叫我来的呀。"家兄听了后发昏，该混账东西竟把他太太当做他妈矣。当时要不是我一拉再拉，他真要把他的箩筐踢翻。然而仔细一想，能怪该小贩乎？堂嫂虽只比敝堂兄大十岁，初结婚时及婚后二十年间，尚不觉得，可是男的容颜一直如旧，而女的容颜一天比一天不堪，等丈夫四十岁时，望之若三十许人，妻子已五十岁，望之若六十许人矣，在别人心目中，丈夫怎能不成了儿子哉，至少看起来也像她的老弟，做丈夫的心中不如火烧者，未之有也。后来敝堂兄坚持非离婚不可，堂嫂到处哭诉，我本来可抓住这天赐良机，以表示正人君子，对堂兄斥责一番的，可是我无一言，盖离则堂嫂痛苦得发疯，不离则敝堂兄痛苦得也发疯也。

容貌固然使老妻少夫的夫妇不能相配——人家的太太都年轻，只有俺的妻子是老太婆，那股伤心，实在欲绝，便是他追求她时立下血海重誓说受得了，届时仍受不了，宁入十八层地狱，也得换上一换。这不是道德不道德的问题，而是幸福不幸福的问题。而且即令在感情上，也问题重重。柏杨先生没学过心理学，不知道心理学上有什么解释，可能是男人成熟得较晚，故臭男人的情绪最不稳定。如果你让他负担你的生活，他会天天干号，如果你要负担他的生活，他认为你离不开他，会从心眼儿里看不起你，反正日子都不太好过。

柏杨先生前曾言之，爱情是不按逻辑发展，且无定律的，现在却似乎可弄一个定律出来，曰："女比男大的婚姻差不多都没有好日子，不是一辈子窝窝囊囊，便是男人把她一脚踢，其可能性和年龄悬殊的多少成正比例。”如果有艺高胆大的女士硬不服气，则不妨嫁之试试，灵不灵和准不准，试后方知。

再大的力量都无法拂去生命在脸上刻出的轨迹。那轨迹刻到男人脸上，表示的是他经验丰富和可以信赖的权威。人们生病，如果请来的医生是一个油头粉面的年轻小子，准不放心，如果该医生鸡其皮而鹤其发，就忍不住肃然起敬。可是那轨迹如果刻到女人脸上，那代表的意义只有一个，就是衰老，也就是爱情生活的陷阱。

女人最糟的一件事就是当她进入迟暮之年的时候，却忽然发生了恋爱，而对手又是一个比她年轻的男人。呜呼，即令一条蛮牛撞进瓷器店，所造成的后果，都不能比此更惨不忍睹。我想在太古之初，男女之间的恋爱和婚姻，年龄所占的地位并不重要，只要是一男一女，便可成为夫妇。不过几万年几亿年下来，人们终于发现男人的年龄如果比女人大，婚姻将更容易美满，现在的人看起来男大女小的情侣，认为天经地义，可是在太古时却是一个大的革命，不知道积累了多少痛苦经验，才有此结论。

所以女大男小的恋爱，不能不说是一种畸恋，有异于普通最常见的男大女小的爱情，因之痛苦就在其中。假如女人有钱有势，好比说，一个五十岁的女人爱上一个三十岁的男人，即令那爱情是圣洁的，她所有的邻居和亲友也会在雪亮的眼睛中射出一种足以使她毁灭的光芒，那不是养小白脸以自娱是啥？一个女人一旦被认为养小白脸，一个男人一旦被认为他就是被养的那个小白脸，所谓“老马专吃嫩草”，日子就尴尬万分。

当然，那种爱情也有幸福的一面，有它入骨的妙处作为报酬，这就要归根于上帝老爷矣，男人性能力强的时候，是二十岁到三十岁之间，从前是不成熟，过此则日渐减退，这种安排真叫人跺脚，又不知当初造人时是怎么搞的也。当一个男人在生理上发展到高峰，极端需要异性的时候，他还是一个孩子，没有经济基础，不能成家。可是等到他可以成家时，性能力却开始衰微，天公不作美的事，无逾于此。而女大男小在这方面可得到彻底的解决，君若不信，试分析一下身边的这类婚姻或这类爱情，包管你点头如捣蒜。那类丈夫和那类情人，不仅年轻而已，而且多少还十分帅，或十分壮。

年纪大的妻子在家庭里，同时具备两种身份和两种心情：一种，她是她丈夫的妻子，要做妻子的事；一种，她是丈夫的母亲，有做母亲的气质，主要的是忍受他的暴跳如雷，甚至忍受他遗弃性的恫吓，或真的遗弃。她不但像对丈夫般地爱他，而且还要像对孩子般地容忍他。于是，那个小白脸丈夫有福啦，他回到家来，妻子笑脸相迎，接到大衣挂之，接过皮包放之，他往沙发上一坐，妻子弯腰为之脱鞋，然后打洗脸水焉，然后递上一支香烟焉，然后摸着他发烧的脸，发誓曰："我再也不叫你去喝酒啦。"然后摸其胸上排骨，发狠曰："我要把你养得肥肥地如富家翁。"这种情调真是黄金都不换。

一个男人一旦被年长的女人爱过，他对年轻女孩子那一套便很难适应。一个被男孩子群追求的女孩子，简直像一个暴君，男人在她跟前小心翼翼，如临大敌：她一咳嗽，他就一心跳；她两天没有信，他就疑心她去了巴西；她一发小脾气跟别人去跳舞，他就觉得脑崩肠裂，不如一死。盖年轻的女人以自己的幸福为前提，动辄要求男人牺牲。而年长的女人，小姐时代那一套东西再拿出来，谁还理她耶？她们拿出来的乃是另外的一套，不再要求男人牺牲，而是要求自己牺牲，这其中自包括不少屈辱，但男人也因之如醉如痴。

因此可看出一种现象，一个男人一旦接受了年长女人的爱情，他便算完了蛋，盖在那畸恋之中，他像婴儿一样被供养和被保护，

2001年，柏杨八十岁后开始不染发，头顶上的发色正在退变中。

那个业已消失了青春的女人，在他身上找寻青春，照顾周到，无微不至，闺房之中，另有天地，再大的壮志都将被腐蚀得无影无踪。

问题是，这种幸福在精密的心计安排下才有，年龄对女人的意义似乎还不仅是变老，也不仅是爱情生活的警报，而根本上乃是一个悲剧的开始。如果她的丈夫比她年轻漂亮，那种有随时被遗弃的恐惧，便更难以忍受，即令上天特别垂怜，使她的小丈夫一直爱她如恒，但心理上的负担，也会使她更快地变老，终有一天紧张成精神病。

男左女右

老夫少妻

在婚姻中，年龄是一项最大的困扰，老妻少夫是农业社会畸形的产物，只有农业社会才有其解决之道，在工业社会中便成了一个癌，为任何美满婚姻的致命之伤，终必有一天要发作，群医束手。然则，到底如何才算合适耶？最流行的算法是：“女岁为男岁的一半加七”，男人三十岁，一半为十五，加七得二十二，女人二十二岁就对啦。男人如为四十岁，一半为二十，加七得二十七，女人二十七岁就对啦。这种算法是不是有科学根据，我们不知道，但看起来却颇有点儿道理，盖这种说法永远坚持男比女大的原则，且随年龄而增进其距离。柏杨先生认为这真是值得参考的意见，年轻的朋友虽不必奉之为金科玉律，但计算下来如果能跟它差不多，则婚姻又多一美满条件。二十二岁的妻子配三十岁的丈夫，二十七岁的妻子配四十岁的丈夫，三十二岁的妻子配五十岁的丈夫，其对社会的适应和对家庭的凝固，最为有力。即以第一例而论，女孩子二十二岁不过才大学堂毕业，尚是一个不知道天高地厚，也不通人情世故的黄毛丫头，如果嫁了一个同样的也是毛头小伙子的丈夫，两个人头上都长满了棱角，在社会上左也碰之，右也碰之，碰了个焦头烂额，再加上没有经济基础，不要说新婚的乐趣全无，到紧张关头，简直是连生命的乐趣都没有矣。而她如果嫁给一个三十岁的男人，该男人至少已在社会上碰了八年，创伤早已平复，路子早已闯了个差不多，自然比较轻松。

读《居里夫人传》的人很多，大家对她有至高的敬意，但兴趣似乎都集中在她的发明上，恐怕很少注意她的婚姻。仔细研究，可发现一点，居里夫人当初如果不是嫁给居里先生而是嫁给别的年轻人，恐怕结果将是两样。盖居里先生虽然穷苦，却是一位受人尊敬的教习，且拥有一个试验室，居里夫人等于一跳就跳到一条早已建造好而且建造得非常坚固的船上，她如果嫁别的年轻人，还得满头大汗先行造船，再航彼岸，就功倍而事半。

然而，问题似乎也就发生在男人宜比女人为大这个原则上，“一半加七”似乎是一个足资信赖的准则，不过有时候却偏偏地加过了头，举目四顾，老爹型的丈夫简直如过江之鲫，流行歌曲上就不少这类描写，一个妙龄女子陪着一个老态龙钟的家伙上街，人皆以为他是她的爹，却原来他是她的夫，怎不叫人恨得牙齿发痒？这种畸形的婚姻制度似乎比老妻少夫还要古老。《圣经》上便有记

1987年，应邀参加香港电台举办的“开卷有益”青年阅读奖励计划。

载，大卫王到了八十岁高龄，还娶了一位十七八岁的女子为妻，为了避免误会，《圣经》上还特别声明，他娶她并不是为了性欲，而只是为了取暖，据说人一到八十，再厚的被子或再热的炉子都没有用，而是“非女不暖”，有权有钱的老头儿真是艳福不浅。

不仅洋圣人如此，中国历史上，老夫少妻现象和老妻少夫现象，同样普遍，此乃老妻少夫的附产物，用以补救其弊的，故往往是两种畸形婚姻并行于一个家庭，不但没有人以为稀奇，而且视为当然。

想当年钱谦益先生跟柳如是小姐定情之夕，钱先生已七十岁矣，而柳小姐才二十来岁，钱先生曰：“你的皮肤像我胡子一样的白。”而柳小姐曰：“你的皮肤则像我头发一样的黑。”呜呼，钱老头以将进棺材之年，有此艳遇，真叫人气冲斗牛。某人咏老夫娶少妻诗曰：“今宵扶入罗帏帐，一树梨花压海棠。”不要说真有其事，仅只一读，我就心跳。

这种现象往往被视为佳话，站在男人立场，当然高兴万分，即以柏杨先生而论，固日夜都希望有一个年轻貌美的俏丽佳人作为妻室，只不过为了颜面，不敢琅琅出口。有一则小幽默故事说，一群老头聚集在一起，各言其死，愿得心脏病死者有之，愿一觉不醒睡死者有之，愿一口气接不上死者有之。一位九十岁的老家伙一语惊人，他曰：“我愿被吃醋的年轻丈夫一枪打死。”此公真是了不起的人物，全部男性的弱点，在此一句话上泄了个尽。盖男人都是如此的不争气，年纪愈大，典故愈多，想出的花样愈繁。伤年华之老去，越是想找个年轻女子补偿一番。便是大圣崽朱熹先生，见了名妓严蕊小姐都打主意，动刑告状，弄得丑态毕露，何况一些小圣崽乎哉。

我们可以说，古时候的女人嫁老头，有其不得已的苦衷，盖身不由己，不嫁不行。可是时到如今，没有人再强迫她们，不但没有人强迫她们，甚至还有人加以阻拦，而她们竟然还是硬嫁，使世界上更多彩多姿，其中道理就很大啦。某作家年已四十一和一比他小二十岁，而且已经订了婚的少女相恋，少女父母反对得激烈，用不着说啦，她的未婚夫在美国闻知，更七窍生烟，岳婿双方，立刻采取行动，购买飞机票一张，遣她出国，而她却在上飞机前开溜。其未婚夫之友查访了两天，抓住二人，指男的鼻子谓女的曰：“他当你的爸爸都可以啦，你怎能嫁他？”结果她还是嫁了他，把所有亲戚朋友都气个半死。老妻少夫使人身上起鸡皮疙瘩，老夫少妻则使人妒火中烧。马五先生就有一段可资一述的奇遇，他有一次拜访朋友，朋友不在，一位小娘子捧茶捧烟招待，他以为她是朋友之女也，乃端起父执架子，与之温语，并呼之为“小姐”，且询之以“你爸何时可回”。等了一会儿，朋友返矣，原来竟是他老人家的太太，马五先生尴尬万分。我想他还算有学问的，谈话尚有分寸，若遇柏杨先生，说不定还自告奋勇，硬为她介绍男朋友，那事情就更难下台。不过有一点请读者先生放心，马五先生的遭遇并不恶劣，甚至反因祸得福。你如把妻子当做丈夫的女儿，两个人虽面有愠色，心中却是猛喜的。你如把妻子当做丈夫的娘，包管两个人一齐跳脚。故马五先生那一次着实吃了一顿上等午饭，饭后还有韩国苹果助兴。

有马五先生这种奇遇的甚多，而且都跟那位嫁作家的女孩子一样，出于自愿，任何一个大一点儿的机构或大一点儿的工厂，都会发生一种现象：年纪轻轻的小姑娘硬是喜欢跟一个老得可以当她爹的人搞七念三，或爱之，或嫁之，老得像她爹，还算客气的哩，有时候简直老得跟她祖父一样，那就更叫人结舌。

无论如何，这是一个畸形现象，有时候简直畸形得不可思议，很多貌美如花的年轻女子竟爱上可做她爹，和可做她祖父的男人。即令他已经结婚，儿女成群，还是照爱不误。不过，跟有妇之夫谈恋爱，比嫁给老头更糟，因为结婚乃是美满的结束，而跟有妇之夫谈恋爱，却不容易有此美满的结束，不能给她任何前途。问题却是，年长的男人比年轻小伙子更有吸引力这种情形跟女人相同，女子必须到了三十岁以上，才能培养出来魅力，男子固也如此。好莱坞电影明星埃仙佛小姐便是嫁给可做她爹的男人，以埃小姐之美之富，追求她的男孩子多如过江之鲫，但她一个一个陪他们玩了一阵之后，最后均一踢了之。结婚之日，那些年轻小伙子围住她的香闺大闹，要她说明为啥非嫁老头不可。她当时并不说明，事后也永没有说明，但她曾告她的密友曰："跟那些刚从大学堂毕业的青年在一起，你得时时照顾自己，他们的一举一动，一言一语，都幼稚可笑。"

这是一针见血之言，年轻小伙真得检讨一番。有一次柏杨先生去台北万盛里访友，见一对年轻男女，都穿着游泳衣，男的悻悻而去，女的靠篱而立，浑身发抖，若是年长的丈夫或情人，决不忍心丢下她也。因忆及抗战前一事，那时上海法租界公园，门口有牌子曰："华人与狗不得入内。"有一对年轻夫妇，都不超过二十七八岁，昂然而入，被赶了出来，争执了半天，仍是不行，丢脸是丢定啦，那男的大怒，一拍屁股，转身就走，丢下佳人，在众目睽睽之下，又急又气，以小手帕掩面而泣，踉跄奔去。他若是一个老夫，决不致如此对少妻任性也。

美国《皇冠》杂志曾对这种日益严重的老夫少妻现象加以调查，女孩子们认为，年纪较大的男人，跟年轻的男人迥然不同，一旦和一个年长的男人交往，再回顾和年轻的男人交往，状如清汤，淡而无味。诗曰："曾经沧海难为水，除却巫山不是云。"年长的男人便是茫茫沧海和巫山高峰，小伙子那一套算啥。柏杨先生有一个朋友娶一位比他小十五岁的女孩子，她很少跟她大学时的男同学来往，诘之，答曰："他们的想法太嫩，我们一天比一天谈不来。"

年老固然悲哀，年轻有时候也不吃香，老夫少妻，便是其中的一端。

男左女右

为啥喜欢老家伙

老夫少妻，似乎已成时代潮流，从好莱坞电影上可以得到启示，理想的丈夫已不再是小白脸矣（中国电影仍停在小白脸阶段，我每看到那些发亮亮而脸光光的小生，就头皮发紧），理想的丈夫脸上不再洁净无比，而是满刻着生命轨迹的皱纹，和满布着在社会上挣扎蒙上的辛苦风霜。这种婚姻在美国最为普遍，而在中国社会，似乎也日益增多，从前的人，如果有一位比他小十岁二十岁的年轻美貌的太太，用不着打听，准是爱妾无疑，而今则不然矣，马五先生之错，在他的见识仍停顿在十八世纪也。奉劝读者先生，如有马五先生的奇遇，千万不可乱下判断。

年轻的女孩子，为啥喜欢老头，恐一言难尽，而各有各的原因，那原因在局外人看起来可能屁都不值，但当事人却芳心大动。盖爱情之道，固没有啥道理可讲的。分析起来，似乎勉强可得七点：

一曰：有些女孩子认为年长的男人比较厚道。年长的男人是不是比较厚道，只有天晓得，干起骗女人的勾当，年轻小伙子绝对瞠乎其后。问题是，即令是骗，年长的男人也比毛头小伙子骗得她舒服。女孩子只有跟年长的男人为友为妻，才会有一种如坐春风的感觉。昨天柏杨先生所举的两例，可窥知女孩子如何向往那些待她们厚道的男人，盖只有中年以上的男人，在社会上碰钉子碰得多了之

柏杨夫妇在寿宴上。

后，才有如此教养。

二曰：有些女孩子认为年长的男人善解人意。这是一点都不假的看法，毛头小伙子每天对镜整装，连自己想的是啥都不知道，何况其女友其老婆乎？年长的男人，做事多年，天天侍候老板或顾客的脸色，自有独得心传。有一句骂人的俗语曰："一翘尾巴就知道拉啥屎。"盖骂其是狗，在心意刚发之时，就知道他要干啥。这一点对女孩子最最重要。她一皱眉，他就连忙问堂倌曰："你们洗手间在哪里？"她一咳嗽，他就连忙为她捶背曰："我陪你去看医生！"她提议坐三轮车，他早举双手而瞪双眼，大声高呼"他哭西"矣；她站在百货店窗前，刚瞄了一下那项链，他立刻甜甜地曰："颜色真好！"明天送作她生日礼物。呜呼，便是皇帝老爷都会被这种先意承志，揣摸逢迎的弄臣搞昏了头，何况一个女孩子哉？毛头小伙子就不行，一则他们个性刚强，不肯为；二则他们能力有限，想为也无法为也。

三曰：有些女孩子往往爱慕已有成就的男人。这种吃现成饭的心理,说她是虚荣也可,反正有些女孩子硬是喜欢那些已经有了地位,已经有了钱,或已经有了名望的男人。事业好比一条船,如果嫁年轻的丈夫,就得亲自下手,并肩建造,弄得满头大汗,血流如注,等到好容易把船造好,容颜凋矣,年龄老矣,而且还有一种危险,那就是自己可能坐不上那条船。天下多少夫妇档,共同创造一番事业,等到功成名就,丈夫需要一个"拿得出去"的妻子,竟把太太赶下了船,诚是年龄相若,助夫成功的女子们一大悲哀。如果嫁给那些已把船造好了的年长的男人,便无此弊。柏杨先生今年春天,老兴勃发,曾去阳明山赏樱,见有一年轻女子,很是面熟,乃多看了她几眼,事后方知她乃我在某学堂教书的别班学生,被我看得不好不相认,乃介绍其身旁的老头曰:"这是我丈夫,某局局长!"不禁大吃一惊,非惊他的官衔,局长那玩意儿我见得多啦,而是惊她的介绍之词。我想她实在是掩饰不住她的骄傲,才脱口而出,如果她丈夫是一位卖担担面的,她能不厌其详地告诉我摊子摆在哪里乎。

四曰:有些女孩子认为跟年长的男人在一起谈恋爱,能给她们安全感。事实上,女孩子跟年长的男人在一起谈恋爱,反而最容易失身。盖他如果不想得到她则罢,如果想得到她,他会用种种奇计妙策,布置气氛,制造情调,安排情况,然后巧言花语,年轻女孩子知道个啥,未有不咕咚一声跳到井里者也。在此观点上,年长的男人绝不安全。不过,话又说了回来,普天之下,除了父亲对女儿,儿子对母亲那种亲情是安全的外,男人根本就不是安全的东西。不要以为柏杨先生儿女成群年已七十有余,走不动矣,眼昏花矣,便十分安全。呜呼,那是我没有机会,如果给我机会,照样不太可靠。而且一个男人一旦真的被女孩子认为"安全"啦,那还不如一死了之。因之这里所说的安全,乃另有所指。那就是说:只要她不抛弃他,他很少有抛弃她的可能。我们如去法院调查,定有很大发现。柏杨先生仅就眼前观察，可看出男人的年龄越大，他越珍惜他的女友和年轻妻子。盖年龄就是资本，毛头小伙子三易其妻仍正当盛年，老头便不行啦，他便是想胡搞，年龄也不允许他胡搞。有一则幽默故事可说明此点，一对老年夫妇正在房中对坐，他们的爱犬有一种毛病，每见漂亮的女人在门前经过，一定狂奔而出，汪汪乱叫，以致累得气喘如牛，丈夫怒而吼之，妻子曰："不要吼啦，他老了就好啦，你过去还不就是这样？"年老给女孩子的安全感在此，固然可悲，却是实情。

五曰：有些女孩子觉得跟年长的男人在一起，她才算真正地成了大人。天下再也没有比女孩子更娇嫩的东西，千金小姐真像春天屋檐下的冰溜，日晒不得，一晒便消；风吹不得，一吹便断；手碰不得，一碰便行坠地。父母亲友担心万状，扶之抚之，唯恐她无知受骗，那种永不被当做大人的委屈，遇到年长的男人便没有啦。吃饭时，她说去玉楼春就去玉楼春；买衣时，她说买沙笼就买沙笼；布置房子，她说怎么就怎么。这不是任性，而是被男人发自内心地真正尊重，毛头小伙子都是气大声粗，自以为很有点前途，往往不肯相让。

六曰：有些女孩子认为只有年长的男人对她才体贴入微。他会像父亲照料小女儿一样照料自己年轻的妻子。我曾看到很多这样的丈夫，晚上都是自己带孩子，而让妻子静静地在另一床上做其美梦。仅此一点，可知其苦心，盖他只有用体贴入微的方法始可弥补他的马齿徒增。而女孩子就是喜欢这种受用，若换一个毛头小伙，他自己睡觉都来不及。

七曰：大多数女孩子都认为，年长的男人有经济基础，比年轻人慷慨。这是现实问题，富小开，不若穷老板焉，这并不是说女孩子们都爱钱，而是无论恋爱与婚姻，固都非钱不可。坐计程车，不要钱

1982年，柏杨夫妇第一次游欧洲，很兴奋。先访德国，再访法国，再访意大利，是一场知性之旅，不禁感叹："不到欧洲，就不能了解西方文明的厚度！"此时于巴黎街头，享受路边咖啡座的浪漫情调。

乎？看电影、吃馆子，不要钱乎？买旗袍、购项链、去美国、置房产，均非钱不可。若毛头青年，刚离开学堂，要从一砖一瓦干起，自然不会宽裕。年龄使老丈夫抱着歉意，他们不但不喊节约口号，且以肯花他的钱为荣。

七点分析既毕，似乎仍不尽意。盖爱情袭来就是囫囵吞枣，无法分析。美国《皇冠》杂志也曾有文研究这种与日俱增的老夫少妻现象，其结论曰："初解人事的少女们，往往遇到过色狼，那可怕的经验使她对一切年轻男人都不信任。而年纪轻轻便遭人遗弃，或离婚的少妇，更希望嫁给一个年事较长的男人，她觉得他会比较负责，会做一个比较好的父亲。"虽国情不同，但男女之情则一焉。

傻子乎，疯子乎？

不知道是哪个洋圣人说的：“男女结合而顾虑年龄，是傻子；不顾虑年龄，是疯子。”初听起来好像说了等于没说，实际上却指出年龄问题的严重性，固一言难尽者也。无论恋爱和婚姻，比丈夫年老的妻子所扮演的，往往是悲剧角色，她的演技再好，她的声誉和财产盖天下，都没有用。导演既把她安排成惨兮兮下场，她就得惨兮兮下场，在恋爱和婚姻上，年龄就是导演，也就是上帝，除非你跳楼自杀，否则便无法抵抗。

在台湾便有一个实例，以武训自居的某教习先生，诚人杰也，既做过官，更创办了一所学堂，翻手成云，覆手成雨，十余年间，出笼的节目均甚精彩，最后他又姘上一位护士小姐，把他太太经常打得身负重伤，躺床不起。有一次，他太太过马路时被汽车撞倒，昏迷不醒三日，他以为她要翘辫子矣，大喜过望，准备好了眼泪瓶，要表演一番伉俪之情。想不到他太太命不该绝，竟然苏醒，在病榻前供出住址，通知前往缴医药费，他不禁大失所望，见其妻第一句便骂曰：“妈拉巴子，你怎么搞的？”吓得他太太泪都不敢流。

是不是该教习先生天生地就如此辣手摧花乎？如果一追究他们婚姻本身，便不难发现其症结何在。盖二人原本小同乡，当初异地相遇，自分外亲切，女的比男的大二十岁，男的乃以“乡姐”呼之，女的亦以“乡姐”自居。男的彼时正在学堂念书，女的就在学堂附近某校执教，抗战时没有家的学生们一个个穷得要命，而该乡姐却颇有几文，每天晚上及星期日一整天，都以炖牛肉、花生米招待乡弟，乡弟好吹，再呼朋引类，招来些狐群狗党，四十岁的女人对那些毛头学生，简直可以玩之于股掌之上。于是，均称其贤，于是，均称其美；于是，反正有一天，他们忽然宣布要结婚啦，有些朋友便劝二人不可如此，柏杨先生斯时亦分别晓以大义，可是他们爱情之坚，原子弹都轰不破，年龄相差有啥关系？只要相爱便可。凡是相劝的人统统被赶出大门，以柏杨先生之尊，简直是等于被骂了出去，我当时就以父执身份，站在街心回骂，围观者甚众，着实出了一阵风头。

结婚时她四十五矣，他才二十五；十年后她五十五矣，他才三十五。咦，固然年龄没有关系，只要相爱便可，却不知硬是因年龄之故，竟爱不起来。这跟说不吃饭没有关系，只要不饿便可一样。不吃饭一定肚饿，要想肚子不饿，就必须吃饭。在名词上，二者虽然可分，在因果上，则二者不可分也。刚来台湾时，该乡姐手抱娃儿，前来啼哭，告曰：“他一看见别人年轻的太太，就恨我。”呜呼，对啦，这才是一针见血之言，从做妻子的口中说出，更增伤感。我想建议地方法院公证处，凡是遇到女大男小前往结婚的，应先将柏杨先生的伟大言论，对之宣读，请其激昂反驳，如能拍案大骂我是天下最大的坏蛋则更佳，然后录音存证，等他们有一天打离婚官司时，放给他们听，然后各打其屁股四十大板，枷示西门町，以劝世人。假使能够如此的话，使男女均有所警惕，对社会、家庭的安定与巩固，功德无量。

顾虑年龄固被圣人讥为傻子，但傻子往往还可能有傻子福。不

1988年，西安，参观永泰公主墓，对武曌弑女之恶毒心肠，及墓中央有长洞通天、枯骨一具，深为震撼。

顾虑年龄的疯子，却从没有听说有疯子之福也。女人们所遇到年龄上的困惑，在过去一直是秘密隐蔽，现在才逐渐公开，一个女人必须有勇气接受她的年龄，才能拯救自己。在这方面，我想上帝未免有点不太公平。最常见的是，一个男人，他可以跟比他小十岁，小二十岁，甚至小四十岁的女子结婚，结果都很可能圆满；而一个女人如果跟比她小十岁的男人厮混，便是笑话。如果跟比她小二十岁，小三十岁的男人厮混，那简直是恐怖的笑话。然而，女人们责备上帝不公平则可，要求上帝改正待遇则可，硬和上帝碰一碰，则准碰得筋断骨折。

这一类的电影最近曾不断上演，《罗马春色》中的史东夫人，以她的姿色和她的财富，都不能控制那小伙子，该小伙子最后质问她："你多大？""五十三？"砰的一声关门而去。《金屋泪》中女主角似乎更惨，她那年轻的情夫对她不过是一时寻乐，一旦等到结识了董事长千金，便把她一脚踢开，逼得她竟以自杀告终。

电影固是电影，小说固是小说，但电影和小说提出的是社会上的现象，指出的是一些存在的问题。和年轻小伙子相恋或结婚的年长女人，她的生命像打了吗啡一样，会突然而且空前蓬勃，但她不敢面对镜子，只敢面对小白脸，结果是小伙子掉头而去，留下连铁石心肠的观众都不忍卒睹的凄凉。即令小伙子不掉头而去，由上面举的"乡姐"之例，我看她还不如向丈夫讨几个钱，在台北郊区，买栋房子，以度余年，来得平安。

男女间的年龄应如何配合，才算恰当，人言人殊，柏杨先生胆大包天，敢断言女大男小的婚姻不美妙，但怎么样才妙，却是不敢乱开簧腔。

一个女人如果承认自己是一种容易衰老的动物，至少比男人容易衰老，那对她是幸福的。前已屡言之矣，丈夫二十岁，妻子二十岁，固是一对万人称羡的璧人，然而三十年后，丈夫五十岁，尚可冒充小伙子，妻子五十岁，已鸡皮鹤发，再不能陪丈夫跳舞游泳矣。故女大男小固是一种病态婚姻，即令男女二人年龄相同，或男比女仅稍大一岁两岁，其前途也充满了暗礁。

女人易老，固是天意，亦由人力，“生育”“哺乳”二者，如毒蝎的两把巨螯，硬是活生生地把如花似玉的太太小姐蹂躏成一个不堪回首的老太婆。柏杨先生读京师大学堂时，有一旗籍的女同学焉，天足如削，其艳空前，我有几次下定决心，即令是天打雷劈，也得把她看饱，可是到了跟前，却又不敢仰视，盖她光艳逼人，势不可挡，当时便痴痴癫癫地想：“她万一嫁给我，我恐怕天天只有发抖的份儿，连碰都不敢碰她。”抗战前一年，我在湖南教书，有一天到某一小学堂参观，一老媪在台上为儿童讲“弟弟来，妹妹来”，声音甚为熟悉，隔窗睇之，其轮廓尚在，然昔日风韵却全化乌有；课后被邀赴其家，丈夫固高官也，经济景况甚好，她乃是不甘寂寞才去教书，但她阁下生了四子五女，老大已赴美利坚读“打狗脱”，小的正读小学六年级，我再向她端详，这时如果我向人说她想当年貌如天仙，恐怕都要一口咬定我乱说。

对于“生育”和“哺乳”，柏杨先生完全外行，但却知道它的厉害，老妻有一姨侄女，十年前在新竹生其头生之子，拉着我一同前往探亲。该姨侄女乃美国留学生，一切洋派，那时她生产才三四天，我们进门时，她正坐在走廊沙发上纳凉看报哩，老妻急代为关窗闭户，强其上床，她曰：“阿姨你那一套落伍啦。”她漱口刷牙，劝她不可，她曰：“哪有三天不刷牙的？”她当风而立，劝她不可，她曰：“有啥关系？”有一天，她忽然不见，洗头去啦，把老妻急得像一只砍掉脑袋的母鸡，可是一切意见，她均不纳，盖婆婆妈妈，她嫌太烦，而且，最主要的，她曰：“我不觉得有啥不舒服。”

转眼十年，她成了三子之母，端阳节时前来台北，果如预料的不复当年的风致；她年尚不到四十，牙齿已开始下掉，稍受风吹，便头痛如割，坐得稍久，脊背即酸，尤其奇者，她的右手会突然抽筋，必须左手及时握之拉之，才能复原，头发也脱落不止，稀疏如林，精神不济，一天到晚，昏昏欲睡。

该姨侄女因自以为学问冲天，不知道生产哺乳的厉害，蔑然视之，弄得百病缠身，等于残废。便是知道它厉害的太太小姐，小心翼翼，也不见得承受得住。从一个小小的胚胎成为一个婴儿，其一发一肌，一牙一甲，都要母亲供给，要说母亲不受亏损，天下有此理哉？故法国女人为了保持漂亮，宁可不生孩子，实在有其苦衷，中国人常常骂之，真是天大的不开眼。何况生产过多，不仅是漂亮没有，便是健康和老命也都没有啦。

女孩子如果有些认识，我想她就不会急急地嫁一个年龄和她相若的小子，电影上这种年龄相若结婚的镜头最多，洋大人的电影当初也是如此，后来才算有了改变。中国电影则一直保持这种狗屎观念，男女结合，必定是女子二十，男子顶多二十三。君不见电影明星乎，如加利·古柏、约翰·韦恩、克拉克·盖博那种性格的男性——丑陋、沉毅、粗野、魁梧，中国电影里从来没有过。中国的男演员，多是小白脸，油滑滑若王府里豢养的相公，他们表现的不是男人的"力"，而是专靠女人吃饭的软骨头。呜呼，那种男女主角在银幕上结起婚来，正代表中国人心目中"珠联璧合"的典型愿望。

每逢我看到男女年龄相等的夫妇，或男比女稍大一点点的夫妇，我便不由得不忧心如捣，盖想到十年后或二十年后，甚至三十年后，那时候丈夫还生龙活虎，而妻子生了几个娃儿，腰粗肚鼓矣，牙齿动摇矣，眼眶酸痛矣，指甲剥落矣，一动不如一静矣。男人的经济基础已立，正当壮年之时，妻子却花衰叶败，你说扫兴不扫兴吧。安分的或没有机会的丈夫，对家的感情不过日渐淡薄；不安分的或有美女投怀的丈夫，则就开始云游四方。

男左女右

罪恶的眼睛

我们常听有人汪汪而言曰："有爱情才有嫉妒。"呜呼，光棍朋友看见一位漂亮小姐挽着一个臭男人在马路上散步，顶多自叹命苦，生一阵暗气，骂声"他妈的"，足矣。如果那漂亮小姐是他的妻大人，或是他的女朋友，那就麻烦大啦，一股奇劲上冲，准大怒特怒，丑态毕露。无他，他爱她耳，如果他不爱她，她即令是自己的妻子，即令是自己的女朋友，他不但不会生气，恐怕还会大喜过望曰："好啦好啦，这一下甩掉啦。"

真正的爱情，不一定有嫉妒，即令有爱情一定有嫉妒，它的逆定理也不见得成立，不能依葫芦画瓢曰："有嫉妒才有爱情。"有些太太对她丈夫嫉妒得要命，却未必爱他也爱得要命。盖嫉妒是一种和爱情同样浓烈的感情，没有理智，不问是非。一个人为了爱情，固神魂颠倒；一个人为了嫉妒，也同样会神魂颠倒，都是一种强烈的愿望，不但充满了想象，也充满了联想。所以世界上只有两种人不可救药，一种是正在恋爱的人，一种便是心怀嫉妒的人也。

《圣经》上称"嫉妒"不曰"嫉妒"，而曰"罪恶的眼睛"。中国文字更妙，把"嫉妒"叫做"吃醋"，都含有一种谴责的意思。前面介绍的"妒律"，正代表臭国人对女人嫉妒的烦恼。但这一类的嫉妒却是必然的，唐太宗李世民先生赐给宰相房玄龄一位美女，房先生把她领到家里，连看都不敢看一眼。有一天，美女端盘子过来，房先生忽然发神经赞曰：“好白手。”房太太竟下令把美女的手砍掉，李世民先生暴跳如雷，把她叫到金殿之上，命她喝毒酒自尽，房太太曰：“喝就喝，但我活着就不准他跟别的女人上床。”视死如归，一饮而尽。回家后吩咐后事，却没有死成，原来喝的是醋。

一个人本来是非常聪明的，一旦恋起爱来，便变得糊涂不堪。同样的一个人，一旦嫉妒起来，也会照样糊涂不堪。房太太宁愿吃毒酒也不愿丈夫抱别的女人，这种嫉妒是伟大的嫉妒，没有这种嫉妒，便没有了爱，一个女人看她丈夫和别的女人同居生子而毫不动心，她一定跟她丈夫毫无感情。臭男人亦然，他如果看见妻大人和别的正人君子开旅馆幽会，竟假装没看见，他和太太的感情也不问可知。问题只是，嫉妒的程度，也就是糊涂的程度和盲目的程度，决定于嫉妒的性质。一曰爱情的嫉妒，一曰占有的嫉妒。在另一方面，一曰因对方的不贞而嫉妒，一曰不管你贞不贞我照样不误的嫉妒——也就是疑心生暗鬼的嫉妒焉。

不嫉妒和过分嫉妒，都是不正常的病态。过分的嫉妒，尤其是爱情的毒药。从前有一个臭男人，娶了美貌妻子，提心吊胆，唯恐绿帽子飞到自己头上，每天出门之时，就用石灰把房子周围撒了个遍，以防野男人玩什么花样。当这种奇妒朋友的妻子，不反也被逼反矣。夫世界上任何感情，都有解决之道，爱情可以因结婚而满足，复仇可以因一把刀子插到敌人肚子里而满足，只有嫉妒这玩意，好像秤锤掉在泥坑里，不但一辈子浮不起来，而且越陷越深，老天爷都帮不上忙。

世界上只有弱者、失败者，或自叹不如人者才嫉妒。有一种现象非常奇怪，妻大人只嫉妒丈夫的情妇，看见情妇摸自己丈夫一把，或看见丈夫搂一下该情妇的腰，她就醋劲大作，一旦发现丈夫和该情妇竟赤条条躺到床上，那就更如疯如狂。可是，同样的事情，相反过来，就完全两样，盖妻大人只嫉妒情妇，情妇却从不嫉妒妻大人，她看见情夫摸他太太一把也好，或看见情夫搂一下他太太的腰也好，甚至撞上了情夫和他太太赤条条躺在床上也好，她绝不会大发雷霆。为啥她不大发雷霆乎？难道凡当情妇的都是圣人哉？当然不是，而是在那种场合，她是胜利者，是强者，是飘飘然一想起来就微笑的角色。同样的道理，做丈夫的只嫉妒情夫，看见该野男人把自己的太太搂之抱之，拥之吻之，准手执钢刀，杀奔前往。可是，一旦反了过来，当情夫的看见那个头上顶着绿帽子的丈夫对他自己的太太搂之抱之，拥之吻之，他就不会手执钢刀；不但不会手执钢刀，心里还会优哉游哉，盖情夫和丈夫在一起，情夫是胜利者，是强者，是飘飘然一想起来就微笑的角色也。

前已言之，情妇也好，情夫也好，并不是天生英明，叫他们量大如海，一旦她的情夫又有了别的情妇，或他的情妇又找了别的有钱有势户头，你看他们表演得锣鼓喧天吧。呜呼，《聊斋》上有一篇《画皮》，一个吃人的青面獠牙夜叉，却披着一件美丽如画的人皮，人人看起来她貌如天仙，其实那美丽不过是一张画皮，掀开那张画皮，便是夜叉，吃人的妖魔也。过分的嫉妒也像夜叉一样，披着爱情的外衣，向人猛叫曰：“我爱她才嫉妒呀。”或：“我爱他才嫉妒呀。”实际上那种嫉妒和爱无关，而只是一种占有的欲望和自尊心受打击时的强烈反应。故恩爱夫妇之间固然有嫉妒，怨偶之间也同样有嫉妒。柏杨先生有一位朋友，结婚之初，可能也恩爱过一阵子，但那都是想当年的啦，二十年后，早成了相敬如“冰”，他害病她也不管，他的衣服都是自己洗，他不喜欢吃豆芽，她一年四季都买黄豆芽，偶尔在家坐一会，两人像一对木偶，没趣得很。可是，该朋友忽然走上了桃花运，妻大人得到消息，马上就闹了个四海沸腾。

该太太之所以有如此剧烈的反应，不是她爱他爱得紧，而是她气他气得紧，而是她自尊心受到了严重伤害。她如果爱他，平常何至相敬如“冰”乎？这一种类型的嫉妒固多得很焉。在嫉妒王国坐第一把交椅的吕雉女士，丈夫刘邦先生死掉后，她立刻下令把刘邦先生的宠妾戚夫人，手脚砍掉，扔到猪栏里，谓之“人彘”，这股妒劲，真叫人发抖。西晋王朝宰相贾充先生的太太，在嫉妒王国也有了不起的地位，有一天看见丈夫在乳母怀里和儿子亲热，她以为他准和乳母有一手，藉机会偷吻一下大胸脯，乃把乳母杀掉，这一杀不当紧，儿子太小，非乳母的奶不吃，竟活活饿死，使贾家绝了后代，大概是冤气冲天之故也。

因自尊心受打击而嫉妒的恶形恶状，男女都差不多，盖在这种形态下，自尊超过爱情，维护自尊也超过维护爱情。五年前，美国曾发生过一件杀妻案，男主角是一位旅馆老板，他在法庭上供称，他们夫妻间的感情，和大多数美国人夫妻间的感情一样，蜜月度过之后，就一直平平常常，普普通通，他妻子很少到旅馆里来。可是自从一个家伙住进旅馆，在一个舞会上和他妻子认识之后，他妻子对那客人就爱上啦，爱得如醉如痴，她每天都要驾临一次，名义上陪伴丈夫，实际上得空就溜到客人房子里瞎聊瞎搞。该老板说，他每看见他太太迈着轻盈的脚步前往幽会的背影，心里就像有盆烈火在烧，烧得他毒自胆边起，恶从心上生。他告庭上曰，他最不能忍受的是，即令他们在恋爱期间和蜜月期间，他对她都没有如此强大的诱惑力，一定是那臭男人有一套他所没有的或所欠缺的玩意，他无法承担这种羞辱，乃隆重地把她扼死。

过分嫉妒的结果，往往会像该老板一样，动刀动枪。中国古时候的法律真是叫臭男人笑得口都合不住，只要当场捉住，就可连太太带奸夫一并干掉，所谓捉奸捉双，杀了人不算犯罪。唯一美中不足的是，丈夫捉太太的奸，可以干掉；太太却不能捉丈夫的奸，更不能杀丈夫。不但不能捉之杀之，当丈夫的反而可以把野女人弄回来家庭化合法化。若是太太们也可以捉丈夫的奸，捉住后也可以当场干掉，那才叫真正的公平。

现在当然一切都不行啦，该旅馆老板如果生在古代中国，就不致吃官司也。因嫉妒而动刀动枪，有的照太太肚子上一刀，有的是放过太太而去找太太情夫的麻烦，把那野男人的头上用子弹凿开一个血洞。同样是一顶绿帽子，同样是妒火中烧，为啥有的杀太太，有的却杀情夫乎，其差异如此之大。原因又何在哉？柏杨先生认为，因为个人先天气质不同，后天教育和修养不同，其因嫉妒而杀人的目标自也不同。有些人想，好，臭婆娘、臭婊子，你竟这么坏，不顾我们恩爱一场，竟去勾搭小白脸，或硬往那有钱家伙的怀里塞，如此不知廉耻为何物的贱货，我不杀你，难道叫你活着继续丢人现眼不成？可是另一些人想，好小子，你油头粉面，靠有几个臭钱，或靠你有办法去美国落户，竟诱惑我的太太，这种畜生，留你活口不得。嗟乎，大概是这样的焉，基于爱的嫉妒，往往杀太太；基于占有的嫉妒，往往杀情敌，不知道对不对耶。

妒火中烧

占有的嫉妒，往往和爱情的嫉妒相混，很难划分。但却可以说明一点，那就是，嫉妒不一定是爱情的产物。占有的强烈欲望，和高度的虚荣心自尊心，都能产生嫉妒。故人们只嫉妒胜利，不嫉妒失败，只嫉妒比我高明比我幸运的，不嫉妒比我差劲的倒霉的。好比柏杨先生，一看见别人有漂亮太太，就暗中生气，该臭小子不比我妙到哪里去呀，竟娶到如花美眷，怎能不咒他快点生疮乎哉，但我从不嫉妒那些妻子其貌不扬的家伙。盖人只嫉妒强者，不嫉妒弱者，所以穷光蛋嫉妒富翁，丑八怪嫉妒美女也。我有一位朋友的太太，长得沉鱼落雁，闭月羞花，柏杨先生没事就想看她一眼。老妻自叹不如，就天天嘟嘴，盼望她早老早死，而且经常造一点她的小谣，说她和某一个野男人有一手啦；说她天生地不正经，喜欢和人眉来眼去啦；说她未结婚前曾裸体给人照过相啦；又说她被某一个胖女人找到家打了一顿，打得上不了班啦。在街头巷尾宣传之余，也向我耳畔宣传，意思是说，我虽貌不如人，可是品德颇佳，凡是正人君子，都应重德不重色，咄，你爱德乎？抑爱色乎？柏杨先生为了世界和平，只好表示爱德不爱色，盖柏杨夫人妒火中烧，受不了矣。然而，却没有人反过来嫉妒柏杨夫人的，无他，她老兮兮兼丑兮兮，可怜她还不迭哩，她无论到啥地方，不要说和野男人飞媚眼，有时候硬是故意找个年轻小子谈谈天，以便别人造点谣过过瘾，还没有人造哩，为啥没人造乎，她不是嫉妒对象之故。

所以说漂亮女人是嫉妒的最大目标，她不理人，人说她臭架子不小，她如理人，人又说她水性杨花。这种嫉妒不来自爱，而来自自卑，天下只有麻子嫉妒花容玉貌，还没有听说花容玉貌嫉妒麻子的。一个美丽的太太小姐，常是谣言蜚语的中心，尤以那些丑八怪，一旦发现该美丽的太太小姐和胞兄胞弟看一场电影，就好像哥伦布先生发现了新大陆，那份快乐，简直使她巴不得脱裤以示庆祝，她会指天发誓说她亲眼看见该太太小姐和姘夫并肩去开旅馆，既有如此丑行，俺纵然长得再不堪入目，也比她高级。

凡是没有魅力的女人，往往拼命攻击那些有魅力的女人，大太太固然嫉妒姨太太，姨太太固然嫉妒婢女，便是三棒子打不着的局外女人，只要比她美，比她吸引人，她也照嫉妒不误。据说山西省有一个嫉女泉，凡是漂亮的太太小姐去汲水，马上就雷雨交加。又据说临津县有一个妒妇津，凡是漂亮太太小姐过渡时，一定风浪大作。这两个地方，柏杨先生只是耳闻，没有到过，真是一件憾事。如果真的如此，那位妒女和那位妒妇，也未免太可怜，太凄凉了也。盖嫉妒是所有感情生活中最富有蛊惑力的一种，一旦走错了方向，就无由回头。不要说弱者，自叹不如人者，便是一条狗，也会因为主人摸了一下别的狗，而大叫大闹。洋大人之国尝有一种现象，丈夫死啦，立下遗嘱说，一旦他的太太再嫁，便丧失全部遗产，这种措施，和性和爱，更是无关，和现实生活也无关，但和自尊心、占有欲有关，虽然死啦，仍要占有她也。

有比较才有嫉妒，只有国王嫉妒国王，只有文人嫉妒文人，只有同行嫉妒同行。在台湾，柏杨先生只嫉妒寒爵先生，恨不得他早一天吃巴拉松，盖他是台湾文坛上唯一可压倒我老人家的一支巨笔，如果没有他，我早就不可一世矣。但你说我小心眼乎？非也。谁不知道我量大如海，隔壁有一位邻居的儿子，他前年还是初中学生，今年就升到了高中，我连一点感觉都没有，他便是请我吃一顿大餐，拜托我嫉妒，我都不嫉妒，因我们之间没有比较的基础之故。同样道理，前不已言之乎，柏杨先生看见别人有美貌娇妻就生气，该娇妻越美，我的气就越大，我和该臭男人同样是大丈夫，何况我还会写稿卖钱，一向自命不凡。而该娇妻竟有眼不识晚香玉，不嫁我而嫁了他，是可忍孰不可忍，嫉妒之余，唯盼望该臭男人早日得上"砍杀尔"，才能消心头之恨。但伊丽莎白•泰勒女士硬是没有嫁我而嫁了李查•波顿先生，虽然她貌如天仙，叫人一看就昏倒在地，我却毫不动心，盖李先生乃有头脸人物，我们之间，无由此焉。

同样道理，丑八怪女人也最不能忍受别的太太小姐长得漂亮，一旦面对美女，她全身毛孔都能冒出妒火。不止在精神上如此，在物质上也如此，现在社会有一种风气，就是见不得别人好。一听说张三先生去了美利坚，马上以手捶胸，骂他出卖祖国。一听说李四先生发了几万元的小财，马上眼大如斗，咒他用不了几天就贫穷如初。一听说王五先生升了一级两级，马上嗤之以鼻，表示他还不是终于要垮。一听说赵六先生新买了一栋房子，马上就盼望它在还没有保险之前，烧个精光。这种风气由社会渗透到家庭，由家庭传染到太太小姐身上。于是，一旦发现刘太太的丈夫一个月薪水有一万元之巨，就三天不欢。一旦发现黄太太买了电冰箱又买电视机，就巴不得明天债主盈门，把她痛揍一顿。一旦发现柳太太爱干净，一天换一套衣服，胸部细胞都会乱跳，就到处宣传她卖弄风骚。嫉妒不仅是邪恶的眼睛，也是错觉的眼睛。君坐过火车乎，两列火车并停在车站上，另一列前进，就会觉得我们坐的一列在后退。呜呼，嫉妒便是如此，当他们看见别人前进时，便觉得自己向后退啦，怎不急得发㱿哉？（柏老按：1960 年，月薪三千元，简直不得了；一万元能吓死人。1980 年，月薪一万元，便难活矣。金钱的价值，要在它的购买力上判断，不要在数目字上判断。）

世界上只有一样东西，可以消灭嫉妒，该药方是：被嫉妒的人最好狼狈垮台。漂亮的太太小姐，忽然出了天花，或不漂亮啦，自不会有人嫉妒之矣。写杂文的朋友，若前举的寒爵先生，忽然上了吊，柏杨先生就不嫉妒之矣。在美国落户的朋友，忽然全家遭了车祸，撞死的撞死，撞残的撞残，也没人再嫉妒之矣。大得可怕的官员，忽然稀里哗啦遭撤职查办，而且被弄到监狱里吃官司，也没人再嫉妒之矣。盖代之而起的将是一种怜悯之情。呜呼，怜悯乃嫉妒的特效药也。

防妒之道

怜悯是治疗嫉妒的特效药，如果被嫉妒的先生女士，上吊的上吊，麻脸的麻脸，垮台的垮台，入狱的入狱，那当然是上上之策，届时一团妒火，自然化为一团祥和，盖他一下子从弱者的地位，高升到强者的地位，怎不气消怒散软。问题是，上帝就是由他自己干，也不能让社会上被嫉妒的人，完全根绝。柏杨先生天天盼望别的写杂文的朋友翘辫子，他们不但不翘辫子，反而越写越多，越写越好，存心要把我比砸。柏杨夫人也天天盼望隔壁那位貌如天仙的太太早点和人通奸，以便看看笑话，聊出心头之气，可是造了人家五年的谣，该太太仍正派如故，真是不如意事常八九也。被嫉妒的先生女士们，总不能为了不被嫉妒，而自己去一一自尽，于是，“吃醋”和“醋”之间，遂成了冷战僵局，醋不甘自我毁灭，吃醋的又无法把醋吃光，邪恶之气上冲霄汉，天下自不能太平。

聪明的朋友乃发明了产生怜悯的妙方，前已言之，他们既不甘自我毁灭，也不肯自我毁灭，则最好的是：“作自我毁灭状”，有此一“状”，多少可使对方产生怜悯，减少嫉妒。贵阁下没有见很多官崽乎——我想读者先生中一定有些当了官崽的老朋友，不妨去拜访一下，就可窥知奥秘。说不了三句话，他一面在公文上盖章，一面呐喊曰：“忙死啦，忙死啦，简直不是人干的。”偶尔有个电话打来，他又呐喊曰："到处受气，简直不是人干的。"我有一位朋友，官拜秘密主任之职，有一次为了一点屁事找我，他端架子之余，就来了这么一套，我曰："然则你可以辞呀。"他曰："没办法，啥长不肯让我走。"我曰："那恐怕不见得，你只管硬辞试试，我就是不相信，你一定不干，他就派人暗杀你。"结果那点屁事也没办成，他就欠屁股送客。回去后别人告诉我曰："老头，老头，你聪明一世，糊涂一时，他是在故意喊叫他的呀，你怎能当真乎？"对啦，对啦，我真人发了昏啦。

官崽之所以成为官崽，便是宁愿被分了尸，宁愿出卖灵魂，也不肯放弃他的官；悲鸣的用意，只希望减少小民对他的嫉妒而已。前天遇到寒爵先生，他声明曰："我要不写啦，稿费一点点，三个月不发，看不起人。"为的是，表示他自己够苦啦，安抚我不要再动邪念，打他的小报告啦。而最近隔壁那位漂亮太太也有了学问，从前见了老妻，理都不理的，最近大概受不了老妻谣言的中伤，也改变战略，昨天特地可怜巴巴地对老妻曰："你不知道，我先生一个月才九百六十元，不够开支，而我又是喜欢赌博，前天一场麻将就输六百块，我先生不是人，打了我一顿。柏太太，你能不能借我二十元买菜，你家老爷鼎鼎大名柏杨先生，听说一个月稿费就能买一辆汽车，真好福气啦。"老妻一听，她原来好赌成性，而柏杨先生一个月稿费又能买一辆汽车，虽是奇闻，但听了舒服，妒心乃为之大减，登登登登，跑回家来，掀开席子乱翻，翻出二十块钱付之。咦，该漂亮太太不但慧在表面，亦慧在内心也。

据说嫉妒也并不全坏，又据说嫉妒可以治疗类似聋哑之症，这种情形，在廉价小说上层出不穷。其公式大概是这样的：有夫妻二人焉，感情事实上很好，可是做丈夫的或者是一个书呆子，不知调情，或者是一个事业心很重的人，无暇调情，把太太冷落得又气又恨，乃假装爱上另外一个迷死脱张，跟该迷死脱张既看电影又跳舞，故意透露一点消息给丈夫。该丈夫如果仍不觉悟，他们就双双对对到他面前晃来晃去，该丈夫这才大口吃醋，然后说明原委，和好如初。

这故事写起来非常轻松，读起来也非常如意，盖世界上的男女相爱，往往是男的主动，女的被动。但在廉价的小说之中，却恰恰相反，而是女的主动，男的被动，怎不过瘾乎哉？该美丽的太太用种种奇妙之法，把第三者迷死脱张搞得云天雾地，以为天外飞来艳福，这一段无论是写来演来，都最叫座。一般人似乎相信用这种激将法去争取爱情，为上上之策，可以不必动刀动枪，就能把失去的重新找回。我有一位女学生，有一天找我，气呼呼地骂她的丈夫是一段呆木头，结婚八年，已生了一子一女，他的喉咙就好像被鬼捏着，三棒子都打不出一个屁，她决心要激他一激，和一个野男人肩并肩做亲热状，也叫他开开眼界，知道自己太太不是那么不值钱，非他不可，还有得人爱哩，看他还麻木不麻木。柏杨先生认为像这种丈夫，天生蠢质，应该八辈子讨不到太太，有小姐肯嫁他，已算他祖宗有德，再不回头是岸，真是混账到底，不可救药，我就曰："问题是，你还爱他不爱他呀？"她曰："当然爱他。"我曰："看样子恐怕未必，你如果不爱他的话，我劝你不如离婚算啦。你如果真的爱他如初，那么千万别去玩弄嫉妒，那可能导致离婚，也可能招致白刀子进去，红刀子出来，一旦你的肚子被戳了两个大洞，血流如注，报馆记者和三作牌围在床前问长问短，你愿意乎？"她说她有把握，我曰："你如果找我老人家做你的药方，你丈夫一看，只是个糟老头，根本不在乎，治不了病。你如果找一个你丈夫嫉妒的，那一定是对你适当的，我看你泥菩萨过江，届时自己都难保自己也。"

该女学生因话不投机，悻悻而去，她本来每逢过年，都要给我送点礼物的，从那次之后，便没有再送。这年头廉价小说真能坑死人，小说上电影上非常惬意的事，一旦变成现实生活，恐怕就没有那么简单。主要的是，那位夹在当中的“迷死脱张”，他将如之何乎？小说上简单得很，他艳梦初醒，只好自认倒霉，在那一对恩爱夫妻千道谢万道谢、千道歉万道歉声中，狼狈而逃。然而，如果那是真实的人生，恐怕不会如此这般。不要说迷死脱张啦，就是换了柏杨先生，忽然有一位花枝招展的太太小姐非爱我不可，我被她爱得迷迷糊糊，自以为前途似锦，结果竟不是那么一回事，只不过是像猴儿戏一样被她牵在手里玩了一阵，我恐怕决不会擅自甘休。她如果不继续爱我，我准去市场买一把弹簧刀教她瞧瞧。呜呼，柏杨先生道德学问，闻名天下，尚且如此，我不相信那迷死脱张，肯若无其事地拍拍手就走。

男左女右

人是会变的

同居跟结婚不一样，不一样就是不一样。

天下只有一件事，虽经过沧海桑田，天翻地覆，千讨论万讨论，讨论到世界末日也讨论不完的，那就是男女之间的爱情。随着经济演进，和社会结构的不同，以及当事人的文化内涵和生活背景的不同，问题也越层出不穷。

《时报周刊》记者元玑女士，曾在今年（1978）8月间访问我老人家，让我就他们的"听名人谈爱情"专栏，发表发表高论。我一听我竟然被封为"名人"，不禁大喜若狂，当时就硬拉她到豆浆店吃了一顿烧饼油条，隆重地报答她提携栽培之恩。那篇访问记于9月17日出版的该刊第二十九期刊出，题目豪华，曰：《听听柏杨的名言：爱情的诺言不是支票，是便条。爱情——糊涂的代名词》。立刻我就飘飘然兼然然飘，不过她阁下竟然直称我的御名，而没有加上"先生"二字，使我生了一肚子闷气，看样子那顿丰富的筵席算是白请啦。

这且按下不表，表的是我对爱情的看法，时过境迁，对于该访问所写的（当然是我自己哇啦哇啦讲的），我想对某一部分作一点修正——例如"结婚"和"同居"，不仅要作一点修正，简直要来二三四点修正。吾友梁启超先生曰："我不惜以今日之我，向昨日之我宣战。”柏杨先生觉得死不认错固是一种美德（现在有这种美德的人，车载斗量，多如驴毛），但偶尔效法效法梁先生，口吐真言，也不能算严重缺点，不知道贵阁下然否乎也。

1988年，柏杨出狱十一载，于离开内地四十年后，重返内地，赴西安探女。拜访“大清真寺”，受到住持阿訇马骥良招待。上前排右起：张香华、柏杨、马骥良。后排：右：久别好友、从新疆赶来一晤的杜文澄，右三：长女冬冬。下图为柏杨留言。

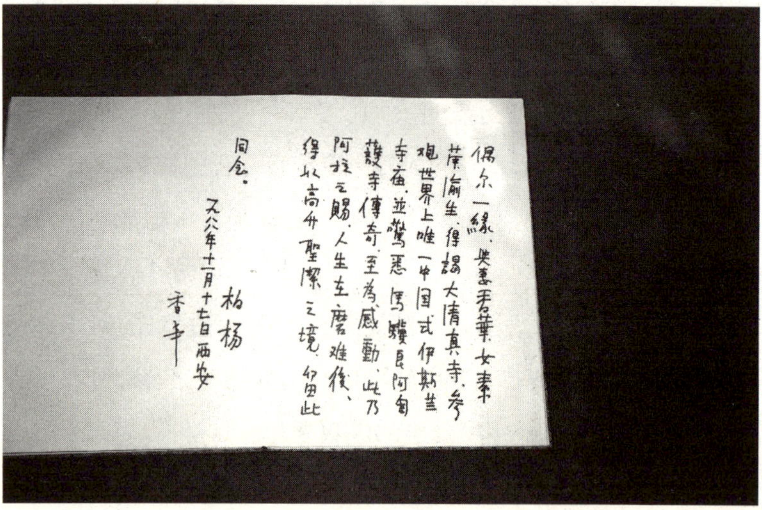

男女同居而不结婚的风气盛行，是柏杨先生去年（1977）回到台北后，所面临的新生事物之一。最初是吓了一跳，继之是见怪不怪，其怪自败，但心里总有一个疙瘩。这种事情，如果发生在五十年前，没有结婚的男女住在一起，同床共枕，勾肩搭背，俨然以夫妻自居，恐怕早被活活打杀。即令发生在十年之前，大家也会侧目而视，舆论沸腾，出门时说不定被顽童照后脑勺就是一石头。可是现在人心大变，大变人心，人家对他们连一眼都不肯多看矣。有一天，我问一位跟她男朋友同居已三年之久的老奶为啥不结婚，她曰："结婚干啥？"这一问使我一愣，她看柏老的学问并不像她想象中那么伟大，就急忙解释曰："别食古不化，结婚跟同居固一样的也。"我反攻曰："结婚跟同居既然是一样，为啥不结婚？"她曰："结婚跟同居既然是一样，为啥要结婚？"我想了半天，虽然满腹经纶，一时也无法抵挡，但心里总不服气。盖还是老话，既然是一样的，结婚至少不比同居坏，同居也至少不比结婚好，而结婚却可以增加安全感，结婚后的家，才是生命的根。不结婚而同居，在传统上称之为"轧姘头"，形容它既不易稳定，而又不易持久也。所以柏老赞成结婚，那是人类进化的一个里程碑兼人类文化的一个结晶。

然而，这几个月来，一连串碰到了七八个奇怪的婚姻——说它奇怪，是我老人家嘴下留情，事实上是一连串碰到了七八个恐怖的婚姻，使人毛骨悚然。终于发现同居而不结婚，也有它的实际价值。前面那位老奶一口咬定"同居跟结婚是一样的"，反而掩没了真相，自己摧毁了自己的理论基础。假如结婚跟同居果真是一样的话，拒绝结婚只不过强词夺理，用以掩饰内心的某种彷徨和恐惧。问题是，结婚跟同居不一样——不一样就是不一样，"同居"才有资格向"结婚"挑战。

结婚固然带给当事人安全感，但也带给当事人束缚。——实质上，安全感的意义就是束缚，没有束缚，哪里来的安全感哉。反正咱俩已经拜过花堂，按过脚模手印啦，你要想甩掉老娘，可没有那么简单，法律和舆论都是站在奴家这一边的。这是对老奶而言，对臭男人，改两个字就行，反正咱俩拜过花堂，按过脚模手印啦，你要想甩掉老子，可没有那么简单，法律和舆论都是站在俺这一边的。

我们当然希望世界上每一对夫妇都恩恩爱爱，都白头偕老，谁也别甩掉谁。但人类是唯一会变的动物，这可不是指形态上会变，小蝌蚪游来游去，有一天忽然生出四条腿来，变成一只乱跳乱叫的青蛙。一条使女人娇声尖叫的小毛虫，爬来爬去，有一天忽然长出翅膀，变成了满天飞、人见人爱的蝴蝶。这些形态上的变，人类可没有这种本领。人类自吹是万物之灵，在这方面只好自顾形惭。从娘胎呱呱坠地，生出来两条尊腿，到死都是两条尊腿（除非出了可观的车祸，被干掉了一条）。生出来两条胳膊，到死都是两条胳膊，我敢跟你赌一块钱，任凭你法术无边，绝不会再长出一条胳膊来。所以我们说的变，不是架构上的变，而是心理上的变，意识形态上的变。

心理上的和意识形态上的变，是人类所独占的特质，其他动物就没有这么复杂。从小猫成长到老猫，习性一贯（老猫不过比较懒得再抓老鼠罢啦）。从小狗成长到老狗，习性也一贯（老狗只是很少再有兴趣闻声而吠，偷咬穷朋友的小腿）。但人类不然，不但女孩子在变，男孩子也在变，不但中年人在变，老家伙也在变。这些变研究起来，都有脉络可以追寻，也都有连锁过程可以分析。但那都是事后有先见之明的人干的勾当，实践时很少派上用场。贵阁下在一个恰当的场合中，遇到一个千娇百媚，腰缠万贯，学富五车，对你倾心兼崇拜，百依兼百顺的，你晕头转向之余，忽冬一声就掉到爱情的深井里，抓还恐怕抓不牢哩，研究分析个屁。

吾友汪精卫先生，想当年刺摄政王，“引刀成一快，不负少年头”。何等英雄，后来却当了大大的汉奸，这一变变得太厉害，教人招架不住。吾友寒雾女士，她在学堂念书的时候，跟另外两位女同学感情至笃，柏杨先生曾称之为三剑客，三剑客之一的一位老奶，一提基督教就火冒三丈，有一次几个同学乘车郊游，在车上抬起基督教的杠来，话不投机，她阁下在中途就坚持下车，当车不停时，她就要往下跳，吓得一群老奶哭爹叫娘才把她抱住。可是五年前她去了美国之后，忽然间信了吾友耶稣，这一信就惊天动地，如疯如狂，以致寒雾女士连封信都无法跟她交通，该老奶满纸都是“哈利路亚”，简直插不上嘴。

柏杨先生另一位朋友的儿子老爷，在大学堂之时，英姿焕发，办杂志，组社团，读训导主任瞪眼的“邪门”之书，好友如云，豪气千秋，天塌啦都敢顶住。十年不见，前几天一见，竟然是另外一个人。他阁下一出校门就做生意，发了大财，三句话就有一个“钱”字，而且以“钱”作为衡量价值的唯一标准。他本来叫我“伯伯”的，因我的银子太少，现在的称呼已改为“老头”矣（我想，我如果想恢复“伯伯”的身份，恐怕得跟洛克菲勒先生结点亲）。最精彩的是，他深有“悟以往之不谏，知来者不可追。实迷途其未远，觉今是而昨非”的沉痛觉醒，认为过去都是年轻不懂事时的瞎胡闹，钱才是唯一的生命内容。又斜着眼教训我曰：“老头，你辛辛苦苦写稿，能赚几文？我往证券交易所一个电话，抵你写一辈子。”我洗耳恭听，连嗝都不敢打。

我们现在讨论的不是“是”“非”问题，而是“变”的现象问题。总而言之一句话，人的思想和意识形态是会变的，至于如何变，啥时候变，变向何方，不但局外人不知道，连自己都不知道。诋之为“随波逐流”也好，颂之为“适应时代”也好。反正是，人是会变的动物。

把两个会变的动物——一男一女，用结婚的形式拴在一起，而且一拴就是十年二十年，甚至五十年六十年，那简直是世界上最大的冒险。如果男女同时都朝一个目标变——这种情形并不罕见，所谓“一条被盖不住两样人”，夫妻间是互相影响的，不仅影响思想，影响意识形态，有时候甚至还影响长相，那当然甚妙。可是，如果一个变一个不变，或一个往东变，一个往西变，那麻烦可就大啦。当思想的和意识形态的层次越来越有距离时，爱情就会越来越消失。如果两个人只是同居关系，那就比较好办。如果是结了正式之婚，恐怕要脱层皮。

爱情效用递减律

爱情是会变的，谁不相信，谁就要付出代价。

我们上次讨论到人类的思想和意识形态是会变的。陈氏先生曰：“小时了了，大未必佳。”同样的，“小时混蛋，大未必不佳。”吾友爱因斯坦先生在读小学堂时，算术就不及格，以致教习肯定他将来能有碗饭吃就三生有幸啦。吾另一友文天祥先生年轻时花天酒地，除了美女醇酒外，对啥都没有兴趣，可是一旦国家有难，他却起兵勤王，而且在兵败被俘之后，又从容就义。

人类的理智系统固然会变，人类的感情系统更会变，而且比理智系统变得更厉害百倍，盖感情的特质就是不稳定和不一贯，如果它可以始终稳定和可以始终一贯，那就不是感情人，而是木头人矣。贵阁下看过电视剧《根》乎，两个小女孩从小在一块玩，亲密得像一对同胞姐妹。可是一旦白女孩成长到能够分辨她的玩伴是一个黑女奴时，她立刻就摆起奴隶主的架子。四十年后，当她们再度相遇，黑女孩仍怀念儿时的纯真，白女孩却早忘了个精光。黑女孩（当然，现在她们都是老太婆矣），把唾沫吐到白女孩的水瓢里，这唾沫代表她的愤怒，也代表她的悲哀，我想她内心会向上苍呐喊：“友情，友情！”

友情是感情的一种,爱情是感情的另一种。呜呼,哪一对离婚的夫妇,想当年喜气洋洋、大宴宾客、相对三鞠躬时,不是爱得要疯要狂哉。柏杨先生从前接到朋友寄来的喜帖,记下酒席的时间、地点之后,就一扔了之。现在我却把它保存起来,保存起来不是准备五千年后当古董卖个好价钱,而是我要慢慢地观察这个婚姻,看它能维持多久。等他们有一天闹到公堂,互相把对方骂得一文不值时,我就把该喜帖原封寄上,发发他们思古的幽情。

——柏老这些时忽有奇想,我打算办一个"离婚展览会",把一些离婚夫妇想当年的结婚喜帖,一一亮相。一份喜帖一个专柜,附带陈列想当年笑逐颜开的一些结婚照片,如果有想当年恩爱的文章和恩爱的谈话(像作家和电影明星之类,这类文章和这类谈话,浩如烟海),当能引起不少人的深思。

爱情是会变的,谁要是不相信这句话,谁就得付出不相信这句话的代价。正因为它是会变的,所以热恋中的男女,谁都不敢肯定对方不变,最恐惧的也是对方忽然冒出来孙悟空先生的武功。所有海誓山盟和海枯石烂的誓言,千句话、万句话,再加上一百万封情书上的话,不过两句话:"俺到死也不会变,你到死也不要变。"有些情侣既没有自己不变的自信,也没有信心相信对方会老实到底,彷徨之余,甚至乞灵于耶稣基督和观世音菩萨。曾有一对年轻男女,特地跑到庙院里,在地上铺满烂砖碎瓦,光着双膝跪在那里,血流如注,对神明立下血海大誓。结果还算不坏,结婚结了十年,生了一个女儿,然后离婚如仪。唯一爱情不变的证据,是膝盖上的两个窟窿。

感情是情绪的累积物,一个人的情绪一天就不断地横冲直撞。早上起来,对镜自照,容光焕发,一副前途不可限量的模样,不由得心花怒放。一进办公室,老板耍着晚娘脸正在找碴,懊恼起来,不由得心里骂曰:“干你老母。”下班之前,接到如花似玉电话(对老奶而言,则是接到青年才俊电话),约会“老地方”相见,立刻哼起流行洋歌,觉得这世界真是可爱。可是,第二个电话却是大嗓门讨债精的,逾期不还,拳头出笼(柏老就常有这种艳遇),于是一肚子气,深感人心不古,世道陵夷。如果再有严重节目,好比说,警察局通知“约谈”之类,那就更如丧考妣,想一想,地球还是马上崩掉算啦。爱情旺盛时炽热如火,低潮时若隐若现,消失时像幽灵一样无影无踪。爱的时候,连体臭也是香的,不爱的时候,就是跳到香水缸里泡三天,仍要掩鼻。有一位老奶每天睡觉时都要握住丈夫的手,否则就睡不着觉。另一位臭男人,每次看见他妻子穿高跟鞋走路的姿态,就情不自禁。可是到了后来,异口同声地懊悔不迭曰:“我当时怎么瞎了眼呀。”前些时电视长片演出《亲爱的》,女主角是一位强哉骄型老奶,在一个穷作家跟一个意大利伯爵之间,努力选择,结果意料中地选择了伯爵,因为伯爵拥有她所追求的一切,当然除了爱情,盖有钱的男人很难甘愿被一个女人缠住一辈子的也。有一天,她大气之下,跑到英国,去跟穷作家幽会,颠鸾倒凤一夜之后,穷作家坚持送她回罗马,女主角哭得一枝梨花春带雨,发誓曰:“我对你每一刻都是真的。”穷作家叹曰:“我相信你每一刻都是真的。”那就是说,每一刻的前一刻,和每一刻的后一刻,却都不是真的也。嗟夫,在爱情的领域中,真的难以持久,假的也难以持久。

因为人类思想的、意识形态的,以及感情的会变,影响男女结合的稳定性。所以产生了结婚制度,希望这个制度像孙悟空先生的金箍一样,套到一男一女头上,使他们不能变、不敢变,至少使他们的变减少到最低限度。这个制度几千年来果然大发神威,为夫妻们带来了相当的安全感。但它也有猛烈的副作用——为夫妻们带来了说不尽的悲剧。

吾祖柏拉图先生大著《理想国》，主张共妻制度（另一个角度来看，也就是共夫制度）。这可说明在公元前五世纪时，结婚制度已出了非同小可的毛病，这毛病促使一位伟大的哲学家，为男女的结合，另起炉灶——反对结婚而赞成同居。当爱情存在时，爱情的力量是世界上最强大的力量之一，它可以使人死，也可以使人活，它可以使人承担起他平常承担不起的压力，也可以使人做出平常做不出来的怪事——偷、抢、骂大街、亮凶器（不一定杀别人，大多的时候是自己抹脖子）。可是一旦爱情插翅飞走，连看一眼都恨入骨髓，而两个人却被结婚制度硬生生地绑在一起，结局只有两个，一是含恨终身，郁郁以殁；一是白刀子进，红刀子出——老奶比较文明，可能只在丈夫茶杯里放点巴拉松。

主要的变，是内在的变，一种先天性身不由己的变。上帝赋予人类的特质中，有“日久生厌”和“喜新厌旧”两项元素，这正是人类进化的主要动力，但适应于爱情上，却像一个每隔一段时间就要爆炸一次的核子弹。一个貌如天仙的老奶，能使天下所有男人为她发癫，也能使她的丈夫在前十年为她如醉如痴，但不敢肯定她能使她的丈夫十年后仍保持原来的热度。经济学上有效用递减律，爱情学上同样的也有效用递减律。一位年轻妻子抱怨她的丈夫：“我穿再漂亮的新衣服，你连一眼也不看。”丈夫曰：“当一个人知道包裹里是什么时，看那包装纸干啥？”这话教人伤心，但这还属于轻一层的。游泳皇后伊漱惠莲丝的丈夫，拥有既美又富的娇妻，局外人想来，他真是祖宗有德，应该整天晕陶陶才对，可是他阁下仍然常去酒吧找野食，往往被打得头破血出，登上报纸。中国皇帝刘彻跟英国国王亨利二世，后宫美女如云，他们却跑到外面乱搞，于是老奶遂破口大骂天下臭男人没有一个是好东西。不过这件事只有在传统社会中，才由臭男人片面出丑，到了近代，老奶们气吞山河，心怀大志，视臭男人蔑如也，当丈夫的恐怕越来越走下坡。从前“老婆是人家的好”，现在似乎正向“老公是人家的好”之道路发展。

问题到今天所以严重的是，随着工商业的发展，社会的节奏加快，贵阁下如果看一些老电影——或电视长片之类，会发现十年前影片的情节和剪接，简直温吞水，受不了，受不了。社会的节奏加快，爱情的变化也跟着加快，不但老家伙们吹胡子瞪眼，不能适应；就是年轻的一代，首当其冲，也眼花缭乱，手足失措。

孤立主义

丈夫一旦对妻子采取孤立主义，那可是一个恶兆，小心！小心！

对妻子的孤立主义，不是现代化的最新产品，而是最最古老传统中，大男人沙文主义的具体实行方案。夫皇帝老爷一个臭男人，拥有那么多如花似玉的小老婆，实在是其乐无比。历史上嫔妃最多的莫过于西汉王朝，第十一代皇帝刘鳌先生——他以美艳绝伦的太太赵飞燕而闻名于世，可是他的嫔妃就有四万余人。吾友杨广先生当隋王朝第二任皇帝时，更属于特别节目，他阁下拥有的如花似玉，竟达六万余人，不要说睡觉啦，就是每天向每个如花似玉瞄上一眼，就能累得得角膜炎。把这么多美女关在一个大集中营，即所谓皇宫之中，而又要她们除了对皇帝老爷一个人热情如火之外，对其他臭男人一律冷若冰霜，只有使用孤立主义，才能达到目的。那就是，内在的灌输她们唯夫史观，使她们自动自发地守身如玉，认为丈夫是唯一的真理，而把其他臭男人都视如寇仇。外在的用深宅大院和宦官制度，严加戒备，根本不让她们跟除了皇帝老爷外的任何有危险性的男人接触，使她们既不想跑，也跑不掉（还是老话，男女之间，一旦被认为跑不掉，那就是吃定啦，结果是啥，前已言之矣）。

——有些被称为仁君的好心肠皇帝，每隔十年八载，就放一批宫女出笼。柏杨先生想，这总是善意的（他阁下硬是不放，关你一辈子，像“白头宫女在，闲话说玄宗”那位阿巴桑，谁也没法度）。但这些被放出来的宫女，刚跳出皇帝老爷的皇宫地狱，差不多立刻就再陷进贵族豪门的世家地狱。她们跟外界隔绝太久，东西南北都摸不清，连自己是啥地方的人也模模糊糊，即令摸得清，记得明，贫苦之家，亲人早已星散，面对着陌生的茫茫人海，连一步都难迈，只好任凭人肉贩子牵到哪里算哪里矣。

二十世纪初，清王朝剃头的拍巴掌，完了蛋，民主政体建立，皇帝虽然被消灭，可是皇帝老爷宫廷和贵族豪门世家那种奴隶主的阴魂，仍凝聚不散，在大男人沙文主义的肚子里阵阵作怪。丈夫是唯一的真理那一套是骗局。臭男人日夜都在灌输这种思想，妻子在伟大的感召之下，不得不心服口服，一百个情愿地嫁鸡随鸡，嫁狗随狗——认命啦。至于深宅大院和宦官制度，同样的也无法使之重

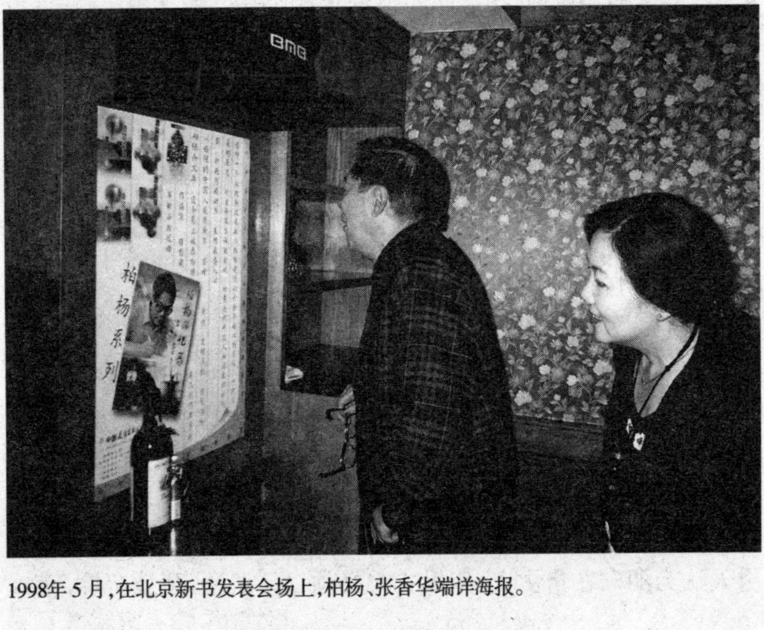

1998年5月，在北京新书发表会场上，柏杨、张香华端详海报。

现（对大国沙文主义而言，真是遗憾），因之，所采取的孤立手段，另有一种新的景观。

一曰，斩手断足式的孤立。柏杨先生说斩手断足，可不是恶棍丈夫大发雄威，拿起钢刀，把老奶的玉手玉足，干掉一条。而是恶棍丈夫用的是精密的粗糙的设计，断绝妻子在五伦之一的朋友一伦，使妻子跟她的朋友，包括同学、同乡、同事，全部冻结，或全部毁弃。恶棍丈夫以唯夫史观为哲学基础，理直兼气壮，义正兼词严，妻子不得不跟社会，最初是疏远，最后是隔离。就在柏杨先生左邻，住着一对夫妇，经常吵闹得锣鼓喧天——其实只是男人一个人在那里锣鼓喧天，每次都劳动我老人家御驾前往劝解。有一次，男人吼老奶曰；“我告诉你，你每小时都要给我打一个电话，我要知道你在干啥。你那些狗皮倒灶朋友，若某某，若某某，从今天起，都不准来往。”老奶曰：“我跟柏老来往总可以吧。”男人曰：“到目前为止可以。”老奶曰：“以后如何？”男人曰：“以后看他的表现，由我决定。”当下老奶流泪，柏老流汗。男人又吼曰：“朋友第一，我占第二，你心目中还有我们这个家乎?还有我这个丈夫乎?朋友的事，你很热心，丈夫却可丢在一旁。”我老人家一听，此乃恶姻缘之家，非我老汉久留之地，就给他来了一个一溜烟。盖该男人不但是臭男人，而且是混男人，弄不懂妻子的人际关系跟丈夫的夫妻关系，有本质上的不同，妻子的人际关系代替不了丈夫，丈夫也代替不了妻子的人际关系。在友情的角度看，每个老奶都有丈夫，却不见得每个老奶都有祸福与共的朋友。在婚姻的角度看，每个老奶纵然朋友满天下，而决定终身幸福不幸福的，却只有丈夫一个人。友情和婚姻相辅相成，是并存的，不是冲突的也。男女之间是良姻缘抑或恶姻缘，看他们是不是尊重对方的人际关系，就八九不离十矣。而该男人认为朋友在挤丈夫，所以丈夫必须以牙还牙，死搅蛮缠，我搞不过他。

主要的，这不是丈夫对妻子的态度，而是奴隶总管对女奴的态度。幸而我老人家总算得天独厚，迄今为止，仍是该男人尊府的上宾或下宾，使我得以继续观察。咦，该男人所以死搅蛮缠，并不是真的糊涂虫，而是故意地把妻子的人际关系跟丈夫放在同一位格，然后借题发挥，目的只在斩断妻子跟外界的联系而已罢啦。

斩断妻子跟外界的联系，最大的好处是妻子成了瓮中之鳖。瓮中之鳖最大的好处是“杀人如草不闻声”。从前时代，妻子可以向娘家搬救兵，现在娘家往往远在千里万里之外，有些甚至还没有娘家，或娘家太弱，假如再没有朋友，恶丈夫一旦胆大包天，就无人可制之矣。尤其现在社会结构大变，老奶拥有属于自己名下的私人财产，和一旦父母驾崩后的财产继承权，这一点固老奶的福，但也未必不是老奶的祸，恶丈夫如果天生异禀，具有艾克斯光巨眼，穿过老奶美妙胴体，只看见银子，事情就有点麻烦。贵阁下不是常看电视乎，恶姻缘中的谋财害命，第一要布置的，就是先使妻子陷于孤立。对妻子关心的人越少，恶丈夫兽性得逞的机会也越高。

我们强调谋财害命，未免太严重，固有许多只谋财不害命的，也有许多只害命不谋财的，更有许多只图折磨折磨，关着门过过爵爷瘾的。但不管哪一种，他第一件要做的事，就是先把妻子的人际关系切断，我们可在这里提出一个定律：丈夫一旦对妻子采取孤立主义，那可是一个恶兆，小心，小心。

二曰，洗脑交心式的孤立。上述的外在孤立是身体上的孤立，洗脑交心则是内在的心灵上的孤立，也就是愚民政策，也就是使妻子知识和智慧，日益贫乏。这倒有一个尖锐的例证可端到桌面上。柏杨夫人的老哥张强仁先生，某大学堂的教习也，嫂嫂想当年也曾学富五车。有一次，柏杨夫人返里省亲，正碰上该老哥耍铁公鸡。盖嫂嫂不知道从哪个垃圾箱里捡了一本《读者文摘》来看，该老哥就立刻觉得危机四伏，必须暴力镇压。盖在他可敬的观念中，女人只限于阅读《烹饪大全》、《编织入门》之类。偶尔看《读者文摘》，甚至阅读一些能够产生独立思考，和判断是非的书，简直是罪证确凿，叛迹已彰，岂可任其逍遥法外，动摇家本乎哉。

柏杨先生两个月来，一直在跟读者老爷共同探讨婚姻问题。于是有人说我在提倡女权，呜呼，女权不过人权的一部分。只因人权的政治意味太重，我们就把范围缩小到家庭，仅可怜兮兮地要求把人当人，要求男人把女人当人，认为女人跟男人一样的也是人，如此而已。一位读者老奶来信曰："凡有你专栏的那天报纸，我先生就收起来。每逢看不到报，就知道有你的大作，我就到巷口买一份，柏老，你说的有哪些地方不对？"我想当然有很多地方不对，盖恶棍丈夫不但要孤立妻子的人际关系，也要孤立妻子的知识和智慧，使她的心灵僵固。咦，凡有思想的奴隶都是危险的，一旦妻智大开，就可能产生被压迫的感觉，假如她确实被压迫的话，他的龙墩就坐不稳啦。我们可在这里再提出一个定律，凡是反对女权——认为女人天生低一等，不准她追求知识智慧的男人，准是恶棍丈夫，小心，小心。

为了保护孤立主义，恶棍丈夫有他们的秘密武器，那就是动不动就轰出"挑拨""离间"大炮，怎么，我们夫妻本来"和睦"得很呀，都是你们这些三姑六婆、邪门歪道挑拨离间的呀。这秘密武器如泰山压顶，有时候也真是灵光，能把乡愿之士，砸得脑浆崩裂，一哄而散。但柏杨先生可是老毛驴，砸到头上，连包也不起一个。

唯夫史观

妻子一旦认定亲爹亲娘都不可靠，朋友更不值一交，只有丈夫才是第一级活宝，恶夫就可随心所欲。

最近接到的读者老爷来信中，大半是反对离婚的，有一位住在彰化的读者老爷，理直气壮曰："老头，你竟然鼓励离婚呀，人家美满的好姻缘，硬被你活生生地拆散。"义正词严，威不可当。柏杨先生特别再声明一次，白纸印黑字，我可从没有鼓励人家离婚，而只是认为女人有离婚的权利，希望人们不要瞎着眼一味反对离婚。犹如我可从没有鼓励人家吃辣椒，而只是认为人们有吃辣椒的权利，希望不要瞎着眼一味反对别人猛吃。这个论点必须弄清楚，问题一旦被搅和成人工漩涡，不分青红皂白地一股脑往里卷，那是糨糊脑筋的蛮缠，我可缠不过你，就算你赢。至于说好姻缘被我活生生拆散，我已声明过我没有这么大的力量，这种云天雾地的话，用以整人时吹胡子瞪眼，以壮声势，其效如神。用以讨论问题，恐怕是越讨论越糊涂。

凡好姻缘都固若金汤，谁都拆不散，如果凭我老人家写几个字就能棒打鸳鸯两离分，那恐怕准不是啥好姻缘。嗟夫，有些好姻缘，固然表里如一，真是好姻缘。但也有些好姻缘，却只表面上看起来像好姻缘，实际上却是恶姻缘。我们可以把它分为两类：一曰欧洲中古贵族型的恶姻缘，一对夫妇，在客人面前，或大庭广众之中，勾肩搭背，温言软语，简直天生璧人，爱河永浴，可是等到大家作鸟兽散，他们也就将军不下马，各自奔前程，或分头投奔情夫情妇，或关门闷坐，来一个张飞穿针，大眼瞪小眼。一曰中国传统受气包型的恶姻缘，老奶空有一肚子学问和一肚子灵性，却被丈夫踩在脚底下，专供他阁下一人淫乐奴役之用，百般辛苦，永无出头之日。

不管哪一种形态，一旦老奶顿开茅塞，挺起脊梁要跟臭男人一样做一个真正的人，丈夫就立刻大跳其高。促使贵阁下跳高的责任好像并不在我，而在贵阁下的尊蹄，如果把尊蹄稍为挪开一点，甚至只要踩得轻一点，就会天下太平。不检讨自己的尊蹄，而只迁怒别人的嘴巴，无以名之，名之曰恶夫。孔丘先生曰："苛政猛于虎。"在男人婚姻中，恶夫比苛政更为残忍。

1985年，柏杨"思想犯"出狱八年，时年65岁，远流出版公司为其出版《柏杨65》，并在台北亚都饭店为其做寿。

恶姻缘中，恶夫对妻子采取的是孤立手段，孤立手段的理论基础是孤立主义，孤立主义的哲学是唯夫史观——称它为唯夫主义也行。唯夫史观者，丈夫第一，其他人类都是第三第四（根本没有第二），此乃"夫为妻天"的传统史观也。古书上的教训比比皆是，"丈夫"是妻子的"所天"，丈夫一旦抬到太平间，妻子的天就塌啦，试想一个人头上没有了"天"，那景象是何等地恐怖，于是寡妇就成了"未亡人"，亡者，死翘翘也，意思是说，天已塌啦，小奴家只有坐以待毙一条路。

——臭男人死了妻子，可没有坐以待毙的念头，而是胸怀大志，急着再娶一个如花似玉。咦，当男人真是妙不可言。

大男人沙文主义不一定产生恶姻缘，但恶姻缘往往由于大男人沙文主义。在上篇敝大作中，我们曾嚷嚷夫妻两方，一旦有了"跑不掉"的信心，结果将是哀哀一生，话说得似乎不够周严。中国古老的社会中，事实上"跑不掉"的只限于女人，男人却随时都可以跑掉。老奶死啦，丈夫固然可以顺理成章地跑掉，即令老奶仍然活着，丈夫也照样可以跑掉——如娶一大堆姨太太之类。女人如果想追随男人之后，也那么一跑，那简直是捅了马蜂窝。朱买臣先生的太太，饿得两眼昏花，要另找饭碗，就挨了两千年的骂——不但臭男人骂，唯夫主义者的老奶也骂，几乎没有一个人同情她阁下饥寒难当，也没有一个人承认她有拒绝被丈夫活活饿死的权利。理学系统开山老祖之一的程颐先生，他曾为唯夫史观下了一个明确的界定说，那就是：妻子死啦，丈夫可以再娶。丈夫死啦，妻子却不能再嫁，胆敢再嫁，不但嗤之以鼻，还要跺之以脚。有人问程颐先生曰："寡妇贫苦无依，能不能再嫁乎哉？"他阁下端起嘴脸，断然答曰："绝对不能，有些人怕冻死饿死，才用饥寒作为借口，要知道，饿死事小，失节事大。"好一个"饿死事小""失节事大"，这个

“节”，就是大男人沙文主义为女人唯夫史观定下的标杆，女人必须坚守这个专门为她们立下的标杆，逾此一步，便死啦骨头都是臭的。程颐先生真是一个典型，对慷他人之慨，和流别人之血的事情，特别大方。眼睁睁看着一个穷苦的寡妇，搂着骨瘦如柴、奄奄一息的女儿，辗转破席之上，哀哀求告，活活饿死的惨状，不但没有一丝恻隐之心，反而圣心大乐，群起为唯夫史观的光荣胜利干杯，想起来孟轲先生说的：“无恻隐之心，非人也。”真不知道大男人沙文主义“非人也”之后，会是个啥？（柏老可没说大男人沙文主义会成为禽兽，恶棍丈夫可别乱罩。）

——注意“借口”两个字，用得真是结棍，轻轻一笔，就一手遮天。夫借口也者，必须是真理由说不出口，只好顺手拈来另一个可以出口的假理由，这假理由不能单独存在，而是附丽于真理之上。如果根本就是真理由，那就不能说他是借口矣。好像我老人家在贵阁下尊肚上捅了七八九十刀，又在贵阁下心窝里再补捅七八九十刀，然后捶胸打跌曰：“你竟然借口死啦，不爬起来跟我打四圈麻将呀。”我想贵阁下可能气得真的爬起来，照我老人家屁股就是一脚。把真实的理由，诬之为“借口”，似乎也应该得此金脚之奖。

唯夫史观是三从牌和三靠牌史观，大男人沙文主义肯定唯夫史观的目的，是使老奶们有志一同，心甘情愿地认为连亲爹亲娘都不可靠，只有丈夫才是第一级金饭碗。柏杨先生小时候听鼓儿词，每逢亲爹跟丈夫发生冲突的时候，女儿一定反对父亲，全力全心向丈夫一面倒，理论很简单，那就是“穿衣见父，脱衣见夫”。在老爹面前必须衣冠楚楚，所以隔了一层，滚他的也罢。而在丈夫面前，却可脱个精光，肌肤之亲，远胜过父女之情，所以对丈夫老爷，不但要献出老命，还要出卖爹娘。柏杨先生当时也觉得这道理天衣无缝，可是后来越想越不对劲，当女娃儿幼时，固也是赤条条卧在老爹怀中的也。可是在唯夫史观中，女娃儿幼时这一段不算，嫁了后才算。这种半截逻辑，我老人家怎么都不懂。不过我老人家不懂没有关系，只要大男人沙文主义懂，就行啦。

不仅古老的社会如此，就是现代社会，已到了二十一世纪初期，唯夫史观仍被一些恶棍丈夫认为是幸福婚姻的哲学基础。柏杨先生有一个年轻的朋友，他就对他那大学堂毕业的漂亮妻子，每天耳提面命，千言万语一句话，天下人都不重要，只有丈夫重要——而且是最最重要和唯一的最最重要。父母已不重要啦，朋友更不值一个屁，仪态万方只是装丈夫门面之物，学问冲天只要用来帮助丈夫走上成功之路。呜呼，芸芸众生，世道险恶，只有丈夫才是唯一爱她的人，她纵然不必杀身以报，也必须献身以报，不但要献肉体，还要献灵魂，献人性，献时间，献自尊。如果不献，他阁下就痛心疾首兼双脚乱跳，指着她的玉鼻吼曰："你就完啦。"老奶一听"完啦"，魂飞天外，于是虽然被踩得龇牙咧嘴，却连哼都不敢哼。

其实也不一定哼都不敢哼，而是她哼了等于白哼，徒招来更重的一踩。恶棍丈夫就是用唯夫史观的哲学，建立起孤立主义来，妻子一旦被孤立，没有父母，没有朋友，恶棍丈夫就可随心所欲，偶尔皇恩浩荡，准许她哼，可是她的人际关系已被斩断，哼也没处哼矣。盖两眼漆黑，求告无门，只好眼泪往肚子里流，任凭恶丈夫千刀万剐，片片宰割；一旦恶丈夫变心，要卖她的时候，她还懵懵懂懂，帮他讲价钱哩。

男左女右

大男人沙文主义

现在是，臭男人人格分裂，一面认为妻子要现代化，一面认为妻子仍要保持七出之条时代侍奉丈夫的传统。

结婚制度主要的目的之一，是保护弱者（在过去，弱者当然指的是老奶），和保护下一代的儿女。但实行的结果，有时候似乎不但保护不了弱者，反而保护了蹂躏弱者的强者。阿拉伯世界，只要男人对女人说三声“滚”，女人就得“滚”。女人可不能对男人说三声“滚”，男人不但不会“滚”，恐怕还会拳脚相加。中国更不用说啦，首先是职业道德家一口咬定“女人是祸水”（这句话不知道是谁发明的，真应该推荐他得金脚奖）。有了这个坚强的哲学基础，儒家“大亨”遂颁布了“七出之条”，凡犯了七出之条中的任何一条，一律“休掉”。一曰：没有生儿子。二曰：淫荡。三曰：不能讨公婆的欢喜。四曰：搬弄是非。五曰：偷东西。六曰：嫉妒。七曰：得了恶疾。

所谓“休掉”，就是“离婚”。不过离婚是现代言语，含有平等意识，为大亨所不取。大亨取的是片面的“休掉”手段，只准丈夫“休掉”妻子，却不准妻子“休掉”丈夫。朱买臣的太太只好逼着丈夫写休书，不能逼着丈夫离婚也。

从这七出之条可以看出，酱缸文化中，男人真是舒服舒服，老

1999年,香港大学举办"柏杨思想与文学国际学术研讨会",柏杨与张香华摄于会场。

奶们不过是供老爷发泄性欲的工具,一不高兴,就扔到荒山野外,不但没有女权,更没有人权。所谓没有儿子,那就是说,仅只生了女儿也不行,盖"女人不是人"也。夫不生育的责任,男女两方,各占一半。有一则黄色小幽默可说明老奶对这条的反抗,丈夫抱怨妻子不生孩子,妻子曰:"这你就要检讨啦,俺在娘家就生过两个。"盖生不生孩子,女人不能独当一面,男人也应看看医生。尤其是只生女,不生男,跟妻子更风马牛不相干,而职业道德家却下得狠心,一推六二五,全推到女人头上。至于淫荡,言语模糊,如果是指通奸而言,还有话可说。但看语气似乎并不如此简单,妻子跟丈夫的亲热镜头,都可能列入淫荡范围,女人就更死无葬身之地矣。

不能讨公婆欢喜,是传统孝道的一环,而传统孝道,如泰山压顶,能把人压得粉身碎骨。这一条在七条中,看起来最稀松平常,其实却是最残忍的一条。年轻老奶所受的是丈夫跟公婆的夹击,丈夫还有松懈的时候,一则他多少总有一点夫妻之情,一则一个正常的男人，白天总要出去工作，妻子还可以喘口气。而公婆也者，却像两个把熟了的老鹌鹑，不分昼夜地卧在巢里，专找陌生媳妇的碴——一想起她夺走了儿子，就牙齿痒痒。尤其是婆婆，把当初自己当媳妇时所受的活罪，原封不动，甚至花样翻新地回报给别人家女儿。谚曰："三十年的媳妇熬成婆。"很少人当了"婆"之后，能回想往事，为下一代解除那种当媳妇的痛苦。然而，这一条最可怕的还不在这些，而在它能使臭男人可以随时借口"孝道"，横逞凶暴。圣人之一的曾参先生，就靠这一条，干掉了老婆。有一天，他的妻子为他的晚娘煮饭，没有把梨蒸熟，他就立刻露出"孝"的嘴脸，把妻子赶走。表面的理由是嫌她"不孝"，真正的理由是啥，我们就不知道啦。

在一般人印象中，搬弄是非似乎是女人的特技，驱逐出境也罢。不过搬弄是非并不是女人的专利，尤其不是妻子的专利。公婆二老闷得发慌，也会张家长李家短闲磕牙。臭男人的本领也不弱于老奶，坐在办公室，挤在咖啡店，咬耳朵，搭肩膀，泄泄甲先生的隐私，掀掀乙先生的底牌，造造丙先生的谣言。说的人口沫四飞，听的人又惊又喜。这种风景固举目皆是，却可安然无恙。偷东西是七出之条中最具体的一条，不必细表。但嫉妒就问题丛生，从前男人黄金时代，妻妾跟骡马一样，成队成群；而传统的道德规范却硬性规定她们不准吃醋，吃醋就挂牌开除，真是管闲事管到床单上啦。柏杨先生建议，最好把自称或被称为正人君子之类的职业道德家，七八个编为一个小组，共娶一位千娇百媚，看看他们的表演如何，敢打包票，那一定大大的可观。

至于说得了恶疾便得走路，更显示出臭男人恶毒的一面。恶疾的定义是啥，也是言语模糊。如果指梅毒，古之老奶也，除了跟自己丈夫外，很少有可能跟别的男人睡觉，一旦有斯疾也，一定来自丈夫，可是凶手无事，被害人却得吃上官司。如果指“砍杀尔”，那么，在骨瘦如柴中，被赶出大门，恩爱情义，一笔勾销，纵是臭男人养了一条癞皮狗，也不忍心，对一夜夫妻百日恩的老奶，却认为可下此毒手，天理良心安在，悲哉。

——写到这里，柏杨先生心急，等到从茅坑凯旋归来，柏杨夫人一手提水桶，一手拿抹布，正在清理我的书桌。夫柏杨先生书桌的脏乱，名闻远近，她阁下突然觉得这样下去，有辱门楣，乃乘虚而入。但问题是，书桌虽然脏乱，却多少有脉络可寻，被她那么一搞，看起来明窗净儿，心旷神怡，可是却打乱了原有的脉络，像扭了筋的大腿一样，寸步难行。这也找不到，那也找不到，气得我放声悲号，本来要揍她一顿，以儆效尤的，可是根据过去宝贵的经验，似乎以不动手为宜。因之，我想上个条陈给有立法权的朋友，最好在“六法全输”上加上一条——可称之为“一出之条”，凡老奶不经丈夫同意，胆敢擅自整理丈夫书桌的，不必经过告状手续，做丈夫的有权把她阁下一脚踢出（如果老奶学过空手道，另当别论）。

一出之条是抗议文学的产物，七出之条是典型的大男人沙文主义的产物，职业道德家英勇地为中国人的道德，定下了双重标准。女人输卵管不通，不能生育，是犯罪的；男人输精管不通，不能生育，不但不是犯罪，反而说那是女人的错。女人淫荡通奸是犯罪，男人淫荡通奸不但不犯罪，反而是一桩风流韵事，傲视群伦。女人不能讨公婆欢喜是犯罪，男人不能讨岳母的欢喜，不但不是犯罪，反而被称赞为有骨气。女人搬弄是非是犯罪，男人搬弄是非不但不是犯罪，反而是见多识广。女人偷东西是犯罪，男人如果偷啦，当然也是犯罪，但处罚起来，轻重相差天壤。女人嫉妒吃醋是犯罪，男人嫉妒吃醋不但不是犯罪的，一旦捉奸捉双，就可一刀二命。女人得了恶疾、不治之症是犯罪的，男人得了恶疾、不治之症，不但不是犯罪，反而向女人倒打一耙。

呜呼，五千年之久，中国女人就在这种愁云惨雾中，求生不得，求死不能。不特此也，女人还要在历史上担任灭人家、亡人国的主要角色。被丑化了的夏桀帝姒履癸，跟商纣帝子受辛，他们明明是自己砸了锅的，却偏偏怪罪施妹喜、苏妲己。吴王国的国王夫差先生，是一个半截英雄，前半截英明盖世，后半截昏了尊头，兴起诬杀伍子胥先生的冤狱，结果兵败自杀。如此明显的兴衰轨迹，职业道德家却硬说都是他太太西施女士搞的。几乎无论是啥，凡是糟了糕的事件，都要由女人承担一部分责任或全部责任。

在七出之条时代，臭男人有无限的权威，这权威建立在两大支柱上，一是“学识”，一是“经济”，结合成为生存的独立能力。女人缺少这些，只好在男人的铁蹄之下，用尽心机，乞灵于男人的肉欲。男人喜欢细腰，女人就活活饿死；男人喜欢大胸脯，女人就打针吃药，开膛破乳；男人喜欢纤纤小足，女人就拼命地缠——以致骨折肉烂，构成一半中国人是残废的世界奇观。

然而，前已言之，到了二十世纪，老奶接受了教育，有了经济独立能力，一个个生龙活虎，强而且骄。臭男人开始觉得有点罩不住，只好随波逐流，扬言他本来就是主张男女平等的，但心窝里残存着的大男人沙文主义，仍阴魂不散，不时地蠢蠢欲动。总觉得口号归口号，实践归实践，家里总不能两驾马车呀。于是，人格分裂，一方面认为老奶要现代化，学问庞大，仪态万方，既猛赚银子，又光芒四射。一方面又认为丈夫仍是一家之主，仍要老奶保持着七出之条时代侍奉丈夫的传统美德。丈夫回到家里，高喊累啦，跷起二郎腿，天塌啦也不理。妻子回到家里，一样累啦，却不能喊累，仍要给丈夫端香茶，拿拖鞋，递纸烟，赶蚊子（假设有蚊子的话），然后下厨房，举案齐眉，喂饱之后，又要洗碗洗筷，打扫清洁，给丈夫放洗澡水，铺

2002年，在家中客厅。

床叠被。否则的话，臭男人轻则怨声载道，重则暴跳如雷。经济独立后的老奶，表面上看起来解除了一道枷锁，实际上却换上了两道枷锁。丈夫表面上失去了七出之条，实际上却仍高踞山头，称王称霸。

这种大男人沙文主义的残余幽灵，制造出来的社会问题，正与日俱增。

男左女右

富易妻

一世纪时，东汉王朝第一任皇帝刘秀先生的姐姐新寡，看上了宋弘先生，刘秀先生乃把她藏在屏风之后，找了宋弘先生来，挑之曰："俗话说，'贵易交，富易妻'，人情乎？"宋弘先生曰："贫贱之交不可忘，糟糠之妻不下堂。"这一个钉子把皇帝老爷碰得脸上挂不住，乃扭头向他姐姐泄气曰："事不谐矣。"事不谐矣者，意即"不行啦"也。

宋弘先生是个怎么样的人，姑不具论，可能真的像史书上说的那么好（中国古代正史，说一个人好时便好得不像话，不太可信），也可能他阁下当时还以为皇帝老爷在考他的人品哩。我想刘秀先生似乎有点不太热心帮姐姐的忙，否则问得何以如此咄咄逼人，便是用这种话问陈世美先生，恐怕陈先生也会这样回答，他敢在皇帝面前冒险哉，否定那个谚语，即令没有好处，至少可以没有过失，而且还露了一手："你看，俺一肚子正人君子思想。有啥大官，赐给俺干，准没有错。"宋弘先生如果听了之后，竟频频点头，万一皇帝老爷翻起脸来曰："你原来如此没有天良，来人呀！"那真是祸从口出矣。也或许宋弘先生当时不知道刘秀先生问他那些废话的目的，他若知道要把公主嫁他，柏杨先生以小人之心，度君子之腹，恐怕他将另是一套论调。史书上没有记载他事后懊悔了没有，如果换了柏杨先生，一旦发现竟因端圣崽架子而失去有钱有势的美貌佳人，立刻就自打嘴巴。

其实宋弘先生并不简单，他后来因为乱七八糟给人家考绩，不该免的免之，该降的反而升了起来，终于垮台，可知他不见得正派到哪里去。我想他大概没有摸清刘秀先生的行情，如果摸清刘秀先生的行情，恐怕在回答那话时，要老实得多矣。盖刘公当初啥也不是的时候，有大志焉，曰："做官当做执金吾，娶妻当娶阴丽华。"样子爱阴丽华小姐爱得发狂，可是当了皇帝，规模不同，固也娶了阴丽华，然而皇后一职，却落到郭圣通小姐之手，后来阴小姐虽然也做了皇后，但那股别扭，也够受的。而且，主要的是"多妻之制"救了她，如果那时也跟现在一样，只能有一个太太，刘秀先生恐怕非甩掉她不可。做丈夫的如果刻薄，便成了陈世美；如果厚道，则现代这种镜头多的是，另租屋以居之，另拨钱以养之。可是，不管如何，怨偶已居，悲剧已定，她就永远打不倒郭圣通，永远登不上皇后宝座。

但我们宁愿相信宋弘先生当时那一番答话是出自真心，在婚姻关系上，"富易妻"只是一个人类常情的趋向，不是一个定律。有高贵情操的人，有他高贵的观念和行为，此有些人之所以成为陈世美，有些人之所以成为宋弘也。世有陈世美先生那样把共患难助功成的妻子一脚踢，就有宋弘先生那样硬是恩爱如一，终身不渝，连皇帝姐姐的账都不买。现代人中，包括那些参加孔孟学会的学者名流，以及有权教你道德仁义，而你也口服如仪的大小官崽，如果调查一下他们的婚姻关系，恐怕能气出羊痫疯。然而，在千千万万现代陈世美中，却昂然地有一位宋弘，和爱妻的感情历久弥坚，那就是胡适先生，仅这一点，胡先生便为千载立下榜样，有些人的成就还没有达到他千分之一，便嫌黄脸婆不堪入目，非娶一个大学生或留学生不可。想到这里，顺便向胡先生的信徒，以及靠胡先生吃饭的大人先生们建议，别的不说，能在这上面学点高贵的情操，就了不起啦。

问题是，中国五千年传统文化中有这种高贵情操的人并不太多，古时候得一人焉，曰宋弘先生；今时候得一人焉，曰胡适先生。而大多数人们，都是见了新的忘旧的，见了美的忘了丑的，见了年轻的忘了年老的，见了识字的忘了不识字的。刘秀先生引用的是一世纪时谚语，呜呼，大人先生常叹“人心不古”，一世纪距今一千九百余年，不能算不古吧，而谚语乃长期观察世情的结晶，恐怕尧舜之世，便已如此。这种感情上的毛病，植根于生物的本性之中，与生俱来，根深蒂固，简直很难医治得好。记不得是什么书上，有这么一则故事，一对恩爱异常的丐夫丐妇，男的吃了一顿饱饭后，躺到破庙台阶上呼呼大睡，梦见一位神仙，普度众生，就上前哀求，神仙曰：“你要吃啥？”乞丐曰：“我吃残茶剩饭，太苦了嘴。”神仙乃赐给他一张吃山珍海味的嘴。乞丐曰：“我穿破烂衣服，太苦了身。”神仙乃赐给他穿绫罗绸缎的身。乞丐曰：“我东奔西走，太苦了腿。”神仙乃赐给他两只坐轿子和坐汽车的腿。乞丐曰：“我没有学问，太苦了脑。”神仙乃赐给他学富五车的脑。他正打算再要什么，忽然惊醒，见丐妇正偎其旁，乃用英语问曰：“壶啊尔油？”既惊自己果然学富五车，乃大恚曰：“我已了不起啦，马上就去美国讲学，回来后领学术奖金，和洋人打高尔夫球矣。陪伴我的乃如花似玉的美人，不能再要你这个黄脸婆，要滚快滚，免得我动杀机。”

丐妇给了他一耳光，他才恍然大悟，竟是一个梦，诘得其由，丐妇叹曰：“可惜那神仙没赐给你飞黄腾达的命。”吁，险哉，幸亏那神仙没赐给他飞黄腾达的命，夫妻仍是夫妻，恩爱仍然逾恒，否则丐妇准宣告破产。

这则故事的意义深而且长，往仔细处一想，忍不住为天下所有为夫牺牲的女子，洒一把辛酸热泪。柏杨先生说这些，并不是专门干泄气勾当，煽动太太小姐们不要帮助丈夫和男友上进，一则我的目的并不是如此，二则即令我的目的是如此，也煽动不了。盖爱情能使人发昏，包括秦香莲女士在内，哪一个太太小姐事前知道恩爱丈夫会动脚乎？她们不但不相信有这个可能，而且还认为她丈夫和男友是天下唯一的情种，绝不会变心，一旦抖了起来，自己便有福可享，而且还可以向人骄傲曰："人人都说他没有出息，独我慧眼识英雄。"对柏杨先生说的话，则嗤之以鼻曰："我的丈夫明明是胡适，你硬要说他是陈世美，你不是混蛋是啥？"

我们的目的在于说明世界上确实有这种对妻子忘恩负义的丈夫，而且颇为普遍。诚如刘秀先生所云：这是人之常情。防止这种人之常情的法宝，靠钢铡没有用，靠道德的制裁也没有用，不是说没有小用，对懦夫有小用，而是说没有大用；靠丈夫指天发誓也没有用，盖天下只有爱情的誓最不值钱，五分洋钿就能买一火车，不可不察。尤其糟糕的是，他发誓的当时，却是真心真意，所以就是察也无从察。

问题在于丈夫成功之后，形势比人强，他需要的不再是刻苦耐劳，蓬头垢面的妻子，而是花枝招展，雍容华贵"拿得出去"、"不丢他的人"的妻子。在华盖云集之际，飞机场上，促膝室中，他要他的太太继续助他一臂，不但增其光彩，并且如虎添翼，进而跟高阶层，甚至跟洋大人拉上关系，以便更阔。共患难之妻，彼时色衰气粗，往往难当此重责大任。古之人妻不出门户，尚且有"如夫人"制度可以补救，问题还小，今之人短兵相接，恐怕只有请她走路一途。

柏杨先生不是故为男人开脱，幸福和开脱不开脱没有关系，而只是说明人性如此。解决之道，在于做妻子的自身。呜呼，当你为夫牺牲时，千万要在牺牲中努力保持自己的容颜和不断提高自己的知识水准，以便等他阁下耀武扬威时，派上用场，否则恐怕是非被驱逐出境不可。

痴心女子负心汉

社会上有一种最普遍的现象，年轻的男子，或二十岁，或三十岁，相貌堂堂，谈吐不俗，心怀大志，且颇有点聪明和学识，唯一的缺点是穷兮兮。于是有一个千金小姐在茫茫众生中发现了他，怜其才而爱其人，认为他一定有光明灿烂的前程，亲友们都警告她不要嫁他，因他家徒四壁，身无一文，岂不是受活罪，一辈子不得翻身，千金小姐独具慧眼，硬是嫁啦。嫁了后的狼狈之状，在意料之中，吃啥没啥，穿啥没啥，玩没得玩，乐没得乐。但二人含辛茹苦，努力不懈。年轻的妻子到某机关或某公司谋一个很小的差事，生了娃儿，连吃奶的钱都没有，仍以其微薄的收入，使丈夫读大学焉，去美国焉。丈夫对妻子的感激，真不是言语所可形容，而且指天发誓，非杀身以报不可。而妻子在艰苦中所得到的安慰，也就是这种感激之情，以及将来他飞黄腾达的希望。于是二十年后，妻子因长期的营养不良和操劳过度，指甲脱矣，牙齿落矣，眼无神矣，头常痛矣，皮肤粗矣，皱纹布满一脸矣。反正是一切的一切，不复当年，这都是为丈夫而付出的神圣牺牲。

而做丈夫的因妻子之助，完成学业，且成了大官大商，于情于理，他都应该更爱他的妻子，用不着杀身以报，只要不把她甩掉就可以啦。悲夫，我不知道有没有人统计，到了这个时候，恐怕硬是甩之的多，更爱之的少也。陈世美先生的那一手，不过是一个典型，戏台上他当然被包拯先生一铡两段，人心大快。实际上，温新如故，我想准有点儿两样。贵阁下如果不信，不妨睁开尊眼上下四周，仔细一观，陈世美先生恐怕多得很。他们不但没有挨铡，而且还管着你，向你训话，教你四维八德哩。而你不但不敢动铡的脑筋，恐怕在听训之余，还要猛点自己之头，以表心服口服。

我有一个表弟，民国初年结婚，执教于我们县的小学堂，为人沉默寡言，有儒者风，大家均目之为圣人，虽因家贫，而年龄又长，未能继续求学，但上进之心，固未戢也。抗战军兴后，夫妇逃出，他已将近四十，竟辗转进了某大学堂，家乡沦陷，自没有接济，教育部的贷金根本不够糊口，笔墨纸砚，以及衣服鞋袜，全靠其妻为人洗衣服、做针线收入维持。他三年级时，我道经该校，时已深夜，表弟仍在一盏如豆的油灯下苦读国际公法，而表弟媳则在月下为人洗涤，脏衣如山，诚不知要洗到几时也，做丈夫的告我曰："表哥，我读书，却苦了太太！"言毕泪下。

夫妻情浓到这种程度，可以说把人羡慕得要死。丈夫对妻子的感激，恐怕再不能有逾于此。他们恩爱终身，白头偕老，固敢预卜也。独柏杨先生心中有一个结，在他们那里坐得越久，此结越是沉重，终于掩面告辞。回到旅店，把见闻告知同行的某教习，教习赞叹不已，我曰："你看他们的将来如何？"教习曰："妻子待丈夫如此，仁至义尽，将来丈夫一旦出人头地，他真不知要如何相报也。"我曰："我看不是如此，将来丈夫幸而没有出人头地，她还有得快乐，如果一旦不幸而出人头地，恐怕她哭都来不及。"教习惊问何故，我曰："十年之后，表弟年才五十，只要有钱，仍可风流一阵，且地位既高，酬酢必繁；彼时他太太已五十有五，小其脚而白其头，黄其牙而皱其脸，又不甚识字，他能一直带她在身边耶？"一语未了，教习大怒曰:“想不到你阁下竟有如此禽兽想法，使人毛骨悚然，我算认错人，咱们的友情到此为止，你这种人实在可怕。”言毕唤茶房结账，另辟一间去住，把我搞得无地自容。此教习后来弃教从政，着实做了几任大官，我方悟出一个人必须随时随地，以卫道姿态出现，才有前途;若柏杨先生者，好口吐真言，属于时代渣滓者流，理应弄到今天饥寒交迫。

自从和表弟上次一晤，战乱频仍，音讯渺然。五年之前，我赴日本办事，在大阪街上东张西望，以开眼界，竟忽然碰见，他当上了领事之类的官，异地相逢，自十分亲切，把我请到他家，临进门时，附耳曰:“表哥，慎言，慎言!”正惊讶间，一个娇滴滴的北平女高音在里面呼曰:“阿秦，你回来啦?我在门口望了你两三次哩!”阿秦，表弟小名也。言毕一少妇穿着三寸半高跟鞋，噔噔噔噔而出，观其年纪，不过三十，雍容华贵，美丽逼人，那一顿饭吃得可以说别天下之大扭，该表弟媳知我为表兄也，一再殷勤探询她丈夫的家世，我只好撒一大谎包之，曰表弟家有千顷之田，守身如玉，而眼眶子真高，视普通女子蔑如也，如今果然得一绝代佳人矣。她得意地笑嘻嘻，拼命给我夹菜，临走时还送了我一套和服，以便浴后穿之。呜呼，谁说谎话没有好处耶?

表弟送我归去，悄悄告曰，表弟媳为某大官之幼女，大学堂毕业生也。

我问他从前那个太太安在，他曰:“离了婚啦。”离婚二字，本含平等之意，二人意见不合，各人走各人的路之谓，然而独独在这种情形之下，却有点不同。用旧名词，是他“休”了她;用新名词，是他把她甩掉，把她一脚踢也。用不着打听，我那前任表弟媳不会另攀高枝。不禁叹曰:“畜生，畜生，你怎么忍心?”他曰:“表哥，先别瞎嚷嚷，你如果也有像这样的境遇，你敢保证不变心?”我气馁曰:

“然则，你和她硬离之后，茫茫人海，她将何以为生？”他曰：“我仍暗中接济。”我曰：“何不谋和平共存？”他曰：“你看我现在的太太肯和她平妻乎？”谈到这里，他忽然说老实话曰：“我不是要离，实在是她太拿不出去。”

这又是一个陈世美，但前面已经说过，从前的陈世美要挨铡，现代的陈世美却舒舒服服地飞黄腾达，古今之不同，有如此者。可惜的是，那个把我不当人子的教习，未曾亲眼见此一幕，否则他虽上吊都不足以弥补他的无知也。这不是说柏杨先生的眼光远大，而是说，这里面一个基本问题，不能靠铡解决，亦不能靠道德力量解决。如果杀剐可以解决，则陈世美以后无陈世美矣，为何现代的陈世美反而更多，不但现代的陈世美多，我跟你赌一块钱，陈世美这种人和上帝一样，无时无刻不存在，人类社会，地球不毁灭，陈世美不绝种，将来说不定还要更为精彩。而且你假使稍微有点脑筋，千万别大声骂陈世美，说不定你有一天也成了陈世美，也说不定你的顶头上司便是陈世美，听得受不了，请你卷铺盖。而道德上的力量又如何哉？首先我们要认清，现代社会的特质是“笑贫不笑娼”，只要有钱有势，不要说他只不过抛弃了一个妻子，便是他抛弃了三打五打，都不妨碍大家捧着他玩。倒霉的只是些没钱没势的人，如四川大学堂那个教务长，被舆论打击得体无完肤，不得不抱头鼠窜。如果往深处一想，我真为他叫不平，很多有力量封报馆、关记者或杀记者的伟大官崽，他们露的一手比那教务长更凶，谁敢龇牙，道德标准如果因钱因势而异，就没有制裁力量。

故柏杨先生曰，此问题似乎另有所属，那就是，感恩固可能促进爱情，却不一定能稳定爱情。

男左女右

阔易夫

关于"贵易交，富易妻"，实在是一种使人泪流满面的悲剧，古典小说上常有的"花园赠金，高中状元，奉旨完婚"的夫妇，我总担心他们婚后的生活如何。做丈夫的一旦抖了起来，当日视为天仙的小姐不过是一个土包子，再在官场中一混，眼界大开，势将春色四溢。男人对发妻的负义，几乎属于天赋异禀，越是大家伙越是喜欢干些对不起贫苦老伴的勾当。连司马相如先生跟卓文君女士之恋，都跳不出这个窠臼。卓女士为了司马相如先生，可以说受尽委屈，司马先生穷得连送到绞架都绞不出一滴油水，逼得卓女士不得不去当女招待。我想如果把他们花前月下，牛衣对泣时的海誓山盟录音下来，仅录音带恐怕都能装一卡车，其中一定有许多："我永远爱你！""我不但爱你，还感激你！""你是我的爱人，更是我的恩人！""海枯石烂，爱你的心不变，我愿为你死。"卓文君女士听了后如醉如痴，才欣欣然为他团团转。如果不相信他那一套，她能为他抛头露面，又能跟他过穷日子哉？然而，司马相如先生一旦有了官兼有了钱，照样冒出臭男人的老毛病，虽没有恶劣到把她推出门外，却硬是想讨一个更美更娇的小老婆，卓文君女士乃写了一篇《白头吟》，以诗代泪，你说惨不惨也。史书上说司马相如先生看了那首诗后，良心发现，不再胡思乱想，柏杨先生却觉得恐怕还是问题重重，盖臭男人一旦动了歪念，简直是连城墙都挡不住。

女孩子嫁人，好像瞎子下山，天老爷都难预卜下一步如何，依老头们之意，嫁给一个已经有相当成就的男人，乃上上之策。如果不肯服气，拣一个穷小子，助他名成利就，大主意既然自己拿，准都无话可说，但危险就实在是太大啦，需有高度的智慧才可出此。如果那穷小子只一味拼命地骂柏杨先生混蛋，以证明他不同凡品，当初庄周先生的老婆骂的也是那一套，就更要千万提高警觉。

然而，是不是男人都是天生的贱骨头，吃不得三天饱饭乎？一位朋友太太看了柏杨先生的大作，有了理论根据，就把她的丈夫骂得叫苦连天。该丈夫暑期后要去美国接受某学堂的名誉博士，他从未出过国门，这一下子既出国又有学位，诚一举两得。但朋友太太不肯，盖他现在大体上尚算安分，如果一举两得之后，或有了官，或有了钱，或有了点知名度，别的小姐一追，朋友太太之垮，固指日可待。朋友太太向我请益，问她做得对否，呜呼，以她自己的幸福而言，她原则上是对的。

这是女人们的最大苦恼——对丈夫不助之则于心不忍，助之又怕他跑掉，吾无他辞。然而若谓男人天生的贱骨头，则只能算对了一半。年头大变之故，从前只有“富易妻”一种学说，好像只有男人才不是东西，实际上如果把夫妻换一换位置，女人同样当仁不让，而表演起来，甚至比男人还要叫座。男人之所以首当其冲者，在于五千年来，中国社会向以男性为主宰，女人们虽有“易”一下之心，却无“易”一下之力。于是，所有的罪过都落到男人头上。时至今日，男女平等，女人可以单独闯出天下，事情才渐渐别出了苗头，男人固“富易妻”，女人又何尝不是“阔易夫”哉？从前的人福气太薄，看到的全是“弃妇”，洒泪者有之，同情者有之，叹人心不古者有之，而今“弃夫”大批问世，形势乃大变。

妻子助丈夫功成，乃是世界上第二等冒险，因其固有平平安安、圆圆满满、恩爱到底的。如果反了过来，丈夫助妻子成功，那乃是世界上第一等冒险，柏杨先生还没有听说过谁有好结果的。往往有些自信心非常顽强的丈夫，认为有绝对的把握，用尽全力把年轻美貌的妻子捧得光芒四射——或为明星，或为歌星，或为声乐家，或使她读大学堂，或使她出国读洋学堂，或用血汗钱供她搞上一个打狗脱什么的焉。到了最后，她向他一声“鼓得白”，其惨状固比比皆是。

中国历史上最先公开露一手的女人，是七世纪时南北朝的山阴公主。有一天她向她那当皇帝的哥哥抗议曰：“我与陛下，虽男女有殊，俱托体先帝，陛下后宫数百，我唯驸马一人，事不均平，一何至此？”皇帝一想对呀，就为她挑选了五十个年轻力壮的男人，当她的“面首”。呜呼，山阴公主虽没有换丈夫，其情况却比换丈夫还更上层楼。她之如此，和“阔”字有关，她如果不是公主，她敢弄那么多小白脸哉，便是心里胡思乱想，也只好忍耐下去。但一旦有权有钱，弱者变成了强者，跟陈世美先生一样，狰狞面目便露了出来。

柏杨先生积七十年的经验，发现丈夫帮助妻子当明星，乃自掘坟墓的唯一妙法，我们如果跟谁有仇，不妨去劝他的太太演戏，只要她忽然上了瘾，忽然成了什么“全国第一美人”“全球最大肉弹”“人类最细之腰”等等，他们的婚姻如果不破裂，我输你一块钱。我有一位颇有点名气的朋友，从内地来台时，带来一个不太认识几个字的丫头（不是骂人时用的“丫头”，而是真正的丫头），后来收为太太，教她读书，教她应对，然后魔鬼钻到他肚子里，灵机一动，教她演起电影。我当时就预料她将来一定要飞，他偏偏不信柏杨先生的邪，夫妻俩联合咒我出天花。然而结果又如之何哉？前些时她在香港登报和他脱离了关系。

电影明星是一个具有代表性的行业，凡是靠自己美貌，以及靠别人投资才有办法的女人皆属之。美貌是基本条件，不漂亮啥都不用谈。如果遇到柏杨夫人之类，便是拼老命也搞不出啥名堂。但仅是漂亮，如果没有别人投资，也同样轰动不起来，必须有人肯拿钱聘她演电影，她才能当上明星；必须有人肯拿钱为她开音乐会，她才能当上声乐家；必须有人肯为她当保镖，打一个电话或写一封信，就可免税，或可判决无罪，或可见颇大的官，或可应美国国务院之邀，或可得奖金奖状奖章以及其他各式各样乱七八糟的奖，她才前途辉煌。古人云："食人之禄，忠人之事。"受男人之助愈大，陪男人上床的可能性愈大，离婚的可能性也愈高。望妻成凤的丈夫正在洋洋得意，而玉足已暗暗伸出，要抹油开溜矣。悲夫，有些女人固然没有做到这一点，但对她的丈夫却讳莫如深，无论啥辰光，她从不提她的丈夫，这里面便有点阴谋矣，一个口不言妻的男人，或一个口不言夫的女人，迟早都要豁上啦。

我们可以说，欢场中的女人，本不足道，所谓婊子无情，戏子无义。既把老婆捧成戏子，再要她义，岂不是既要她黑，又要她白乎？其实，便是学问再大的女人，一旦被捧成功，也同样有可能不安于室。

名闻中美两国的女作家赛珍珠女士，写了很多以中国为背景的小说，我们不好意思说她啥。但前已声明矣，"富易妻"和"阔易夫"，乃人性中的一环，故对她的敬意固丝毫未减。赛女士由华回国后，她的大作谁也不要，她那个还不知道大祸就要临头的丈夫，天天气喘如牛地手执原稿，为她东奔西跑，结果把她跑出了名，她跟那个出版商眉来眼去，妻子写稿，丈夫出书，那不是天作之合是啥？事情发展到如此地步，自然不可收拾，读者先生中如果有人幸而见到赛女士，千万别问她丈夫有关中国的事，盖原来那个在一旁殷勤服侍她写稿的丈夫，早已三振出局。

柏杨先生有一忘年交的小朋友，年方四十，六年前和一女子结婚，该女子刚高中学堂毕业，家贫无力继续求学，婚后恩爱异常。该朋友忽发奇想，以自己未受过高等教育，而妻子既漂亮又聪明，何不鼓励她上进乎。乃实行避孕，送她进大学堂焉，后来大学堂毕业，真是天作孽犹可宥，自作孽不可活，他再发奇想，又要送她到美国；柏杨先生努力劝阻，小夫妇一齐骂我卑鄙无聊，只好拉倒。于是，今年年初，朋友来舍下鼻涕一把泪一把，她的太太把他敲骨吸髓之后，嫌他碍事，非离婚不可。呜呼，俗语曰："不听老人言，吃亏在眼前。"该朋友之谓也。

男左女右

治弃妙法

一个女孩子如果肯定地知道她已属那个男人，而那个男人也肯定地知道他一定要娶她。两个人在婚前要想保持君子风度，不动手动脚，恐怕比登天都难。柏杨先生有一位朋友，北方人也，全家住在一条长炕之上，有一天，他们的未婚女婿来访，白天当然盛大招待，晚上当然上炕安眠。民国初年，虽然仍很闭塞，但风气总算渐开，且小门小户，也无地回避，小两口难免谈了几句话，丈母娘看到眼里，急在心头，入睡之后，她老人家一会儿坐起来，吸一口旱烟，停一会儿再坐起来，再吸一口旱烟，表面上是吸旱烟，实际只是借着点烟的微弱火光，观察观察那对年轻的未婚夫妇挤到一个被窝里没有，后来被我知道，就对她大开训诫。该老太婆幸亏生在民初，如果生在现代，眼睁睁地看着她的女儿和男朋友出去谈恋爱，谈到深更半夜还不回来，准得心脏之病。

老太婆的行动看来有点顽固，但其用心甚苦，值得做儿女的洒泪。老年人的顾虑总较周密，一个人年龄越大，所见的奇事也越多，热恋中的女孩子死都不会相信那可爱的男人会变心，事实上大多数女孩子的看法都没错误，据洋大人的调查，婚前发生性行为的男女，有百分之九十七结为夫妇。这真是一则好的消息，盖结为夫妇之后，固然仍有前述的被揭疮疤的危险，但并不每个人都要揭，不到恨极，绝不会那么狠心伤害自己的妻子也。一旦丈夫不爱妻子，纵然没有那疮疤，他照样有别的借口。所以差不多的夫妇，都恩爱到底。柏杨先生便遇到很多这样的佳偶，他们结婚前明明开过旅馆，可是硬是发誓绝对清白。抗战前有一位同事结婚，我悄悄问他曰："你们婚前有没有过关系？"他大怒曰："你说的啥话，怎能以小人之心，度君子之腹，我们岂是禽兽？"我不禁大惊，盖他婚前一年，情书往返，多如牛毛，有一封落到同事手中，大家偷偷瞧之，内有女孩子的警句曰："我愿明年此日，生下你的孩子。"这一类的事太多啦，读者先生中如果有兴趣的话，不妨逐个朋友打听一下，恐怕一律都是圣崽，赌咒二人在婚前连挨都没有挨。我们无意斥责他们说谎，这样做恰是正常，而且足以说明婚前性行为并不铁定地非招来恶劣结局不可，该幸福的仍照样幸福。

问题只在那百分之三，如果按照比例数来讲，百分之三真是微乎其微，但这玩意比不得买马票，买马票的人中了固高兴，不中时也不致伤筋动骨。而婚前性行为的赌注却是终身幸福，而这赌注还

1997年，柏杨应张香华在台北交通电台主持"诗的小语"节目之邀，接受访谈。

有奇怪之点，赢了的时候不过赢得一个丈夫，而丈夫的好与坏，如意和不如意，一时还说不定。但一旦输啦，那就惨矣惨矣，非常之惨矣。报纸上对这类新闻，用词都是一样的，法院对这类官司的判决，用词也是一样的，曰："始乱终弃。"这四个字研究起来，颇有点教育作用，盖要想终不被弃，最好是始不被乱，这是我老人家发明的避免爱情悲剧的妙法之一，立此存照。

从前结婚，都是奉父母之命，现在结婚，很多是奉儿女之命。一对年轻恋人，恋着恋着，女孩子的肚皮凸了起来，根本没有结婚打算的，不得不结婚，本来不预备马上结婚的，也不得不特别提前。运气好的怀胎一年，运气不好的，结婚才五个月，便降下麟儿。报上不是有过这么一则新闻乎，台中某姓结婚，新娘抱着绝大的一束鲜花，轻移莲步，正进礼堂，忽然肚子作怪，全体宾客都以为她发了绞肠痧，只有新娘明白是怎么回事，急招产科医生，才算彻底解决，大家乃改吃喜酒为吃红蛋，两件大事并作一次举行，皆大欢喜。

上述的还是普通小民人家，若电影明星，恐怕更有绝招，有一个什么后的女士，不是先到美国产子，再回香港嫁人乎？丈夫是不是那儿子的父亲，言人人殊，我们无法考究，但有一件事却很有意思，她结婚才一年，孩子已三岁有余，可见这种风气果真摩登得很也。

很显然的，很多人认为婚前的性行为是"拴"对方的奇计妙策，一个热恋中的男人，尤其情敌甚多的时候，心神不宁，六魂颠倒，必须搂女入怀，才会觉得河山已定。我在某衙门做事时，曾住过一个时期的单身宿舍，同房间有一位陆先生焉，正在苦追一位校花，追得天昏地暗，日月无光，常常半夜爬起来团团转之。可是有一夜他忽然平安无事，第二天还蒙头大睡，把他叫醒，他一面揉眼一面哼曲子哩，我曰："你准和你的女朋友上了床。"他曰："胡说。"

我曰："好小子，你瞒不了我老头。"他才俯首认罪，从此国泰民安，结而婚之，一对神仙夫妇。男人似乎总觉得女人如果决心嫁你，一定会献上身体，否则便不可靠，而使多变的女孩子唯一不变的妙法，莫过于获得她的贞操。

在女孩子方面，往往也有这种观念，《骆驼祥子》上那个老板的女儿虎妞，便是用性行为拴祥子，她向他厉声曰："我肚子里有了你的孩子。"然后再向父亲哀号曰："我肚子里有了他的孩子！"做生意的人凭条取货，虎妞女士者流，则凭胎取夫。其实虎妞女士啥胎都没有，只是急着要嫁人而已。不过这诚是女人最厉害的一着，男人如果走了霉运，被诱进圈套，那恐怕是铁定的要砸锅，盖任何人胆敢拒绝和大肚子女友结婚，全世界都会要他的老命。

不过，用性行为拴对方，乃天下最罗曼蒂克的冒险，比大吃河豚还叫人心惊肉跳。沉湎于爱情而做出那事，已经够糟，里面再埋伏着阴谋诡计，好结果的不多。吾友郭衣洞先生的大作《爱与恨的研究》一文中，曾有言曰："用婚前性行为去拴对方，拴得好拴一个丈夫，拴得不好拴一条毒蛇。"

女人的名字：强哉骄

吾友欧文先生有一篇小说《李伯大梦》，男主角李伯先生，有一天上山打猎，看见一群穿着古装的荷兰移民在打九柱球，并且敬了他两盅老酒。酒醒之后，回到故居一瞧，已面目全非。初上山时尚牙牙学语的小女儿已嫁人生子，原来尚在怀抱中的儿子，则长得跟自己一样的高，而且一样的好吃懒做。老朋友有的死运亨通，去阎王殿报了到。有的官运亨通，去华盛顿当了参议员。当年爬在他肩上翻筋斗，跟在他屁股后追逐吆喝的一些顽童，现在全成了有选举权的美利坚合众国公民，使他恍如隔世，不胜瞪眼。只有一件差堪告慰的事，就是他那花样百出的妻，在他上山不久的一天，向一个小贩光火，而终于一命归阴。

常有些朋友拿柏杨先生跟李伯先生相比，问曰："老头，你虽然没喝荷兰酒，可是恍如隔世则一，李伯的感受我们已知道啦，你一去十载，可觉得台北有啥改变也哉？"呜呼，越来越挤，汽车越来越排长龙，钱越来越不值钱。然而，仔细想起来这都没啥，柏老久经沧桑，见怪不怪，其怪自败，只有一样使我花容失色的就是女人。盖从前是男人看女人，现在则是女人看男人；从前是男人追女人，现在则是女人追男人；从前是男人泼皮，现在则是女人的脸皮似乎更厚（以致连胡子都长不出）；从前是男人赤膊上阵，闯五关、斩六将、献身事业，现在的女人则十指尖尖，犹如钢爪，把男人抓得呼天抢地。于是，柏老喟然叹曰："女人，你的名字：强哉骄。"

"强哉骄"是吾友孔丘先生发明有的，在儒书里，他阁下诗兴大发，冒出来一连串的"强哉骄"，"君子和而不流，强哉骄。中立而不依，强哉骄。国有道，不变塞焉，强哉骄。国无道，至死不倚，强哉骄。"柏杨先生因而套之，不过是赶着何仙姑叫二姨，沾点仙气儿，以便流传万年，家喻户晓。有人说，孔丘先生用的是"矫"，而不是"骄"，老头何得乱改。问题就出在这里，学问庞大之士，啥都敢改，我老人家还是小改，一旦自以为可以一手遮天，我还要大改。

"强哉骄"者，"既强悍又骄傲"值得我们递佩服书之意也。吾友莎士比亚先生曾宣传女人是弱者，在他那个时代，大概有真理在焉。可是真理也会变，时间能够改变太多的事物，他老哥如果今天从棺材里爬出来抬头一瞧，女人忽然"强哉骄"，恐怕羞愧难当。

台北一家著名的大学堂外史系毕业的女学生，系花兼校花也，长得沉鱼落雁，闭月羞花。有一天，路过一家公司门口，看见一辆1999的宾士汽车（柏老看来，凡是四个轮子而自己会跑的玩意都是汽车，后来才晓得等级奇多，在目前的台北，"宾士"属于九段，价值三百万元——把柏老捆起来当猪崽卖，也抵不上一个轮胎。据说屁股坐在上面，舒服得要命）。她阁下见了该"宾士"，立刻浑身发软，绕着它左转右转，前转后转，伸出纤纤玉手，把车身摸了个遍，啧啧称赞，口水四流。一会儿经理老爷上车，该强哉骄马上抓住天赐良机，未语先笑，嗲曰："这车是你的呀。"经理老爷眼睛一亮，应曰："噎死。"强哉骄曰："我好想坐一坐，不知道能不能请你带我兜兜风。"经理老爷曰："欧开，欧开，扑里死，扑里死。"强哉骄乃轻迈莲步，慢移玉臀，缓缓坐在经理身旁。以后经过，我不知道，反正是郎有心，妾有意，狗皮倒灶，结论是，经理老爷跟太太离婚，落入强哉骄之手，双双去了洋大人之国（柏老听了这个故事，就开始担心，一旦该强哉骄在纽约遇到了一辆“砍的拉屎”，不知道还会不会再去乱摸）。

这位女士，可称之为“摸汽车型”的强哉骄。而另一位女士，则属于另一种型的焉，说来就话长啦。柏老有位年轻朋友，已过五十大关，尚未婚配，老实忠厚（这可不是赞美之词，用另外一种同性质的话来说，老实忠厚，不过冤大头罢啦）。见了女人，先脸红，后心跳，舌头上像拴了一块十公斤重的铁饼，连话都说不清。女朋友永远绝缘，妻子更不必谈。柏杨先生就为他出主意，与其坐以待毙，不如征婚，直截了当地解决问题。

就在去年（1977）9月，征婚大典开幕，启事在报上刊出后，应征信件雪片飞来，老朋友们组织了一个审查委员会，挑选出最最理想的一位，由柏杨先生率领该朋友，按址前往晋谒。该小姐相貌端庄，职业高尚，虽是半老徐娘，却也仪态万千。柏杨先生一见钟情，对朋友训之曰：“小子，小子，好自为之。”当时约定第二天由他们单独见面。就在晚间，柏老又把朋友召到汽车间，面授种种机宜，认为十拿九稳。

第二天晚上，柏杨先生正襟危坐，等候消息，直等到半夜，朋友像斗败了的鹌鹑，垂头丧气，踉踉跄跄跑进来，我一瞧就知道他遇到的对手不是莎士比亚先生的“弱者”，而是柏杨先生的“强哉骄”。原来二人最初约定在一个较小的餐厅见面，强哉骄坚持去一家台北最大的餐厅。朋友本来打算吃个A餐B餐的，强哉骄却非点菜不可，第一盘就来了一个伟大龙虾。嗟夫，到西餐馆点菜，真得有点银子才行，然而这不足以使朋友出汗，使朋友出汗的是，强哉骄玉音问曰：“你今年多大啦，报上登的年龄可是真的？”朋友曰：“是真的，不信可以看身份证。”强哉骄曰：“身份证也有假的，也有当初虚报年龄的，看它干啥，我只问你今年多大啦。”朋友告诉了她，强哉骄曰：“你现在干啥？”朋友曰：“在夜间部教课。”强哉骄曰：“那你白天干啥？”朋友曰：“不干啥，只在家里看书。”强哉骄曰：“你白天为啥不各处活动活动，力图上进。”朋友这时已开始发毛，强哉骄续问曰：“你有没有机会出国？”朋友结巴曰：“恐怕没有。”强哉骄曰：“别人都有机会出国，都有绿卡，你年将半百，为啥没有？” 朋友紧张曰：“我不知道。” 强哉骄曰：“你一月多少钱？”朋友曰：“六七千元。”强哉骄曰：“六七千元，怎么能养家活口，我过惯了舒服的日子，可不能受苦。”朋友满面羞惭，大汗猛出，然后强哉骄曰：“征婚启事上说，你有房子，到底有几栋？”朋友曰：“一栋。”强哉骄大惊曰：“一栋?你这么一把年纪，只有一栋?”朋友曰：“一栋，一栋。”强哉骄曰：“在啥地方?”朋友告诉她地方，强哉骄曰：“几楼？”朋友告诉她几楼，强哉骄曰：“是木门窗，还是铝门窗？”朋友曰：“木门窗。”强哉骄再度大惊曰：“木门窗的，那房子准不值钱。”朋友喃喃曰：“不值钱，不值钱。”强哉骄向朋友脸上端详了一阵，厉声问曰：“你脸上开过刀没有？”朋友一辈子从没有开过刀，可是这时已神志不清，急忙应曰：“开过刀，开过刀。”强哉骄曰：“你走路怎么外八字?”朋友根本不是外八字，这时也坦承不讳他是外八字，好容易账单送来，两个人吃了一千八百元，大概只有地藏王菩萨知道我那位朋友是怎么走回来的。

这位女士，可称之为“铝门窗型”的强哉骄，柏老除了面谕该朋友三十六计，逃为上计外，别无他计。不过看起来铝门窗的人有福啦。迄今又过了四个月，不知道该强哉骄找到铝门窗的男士没有，真叫人挂心也。

看，这个丑陋的中国人

柏杨是一个既浪漫又实际的男人，只是，他常把浪漫和实际的时间、地点颠倒而已。作为柏杨的妻子，观察柏杨，把焦距拉得太近，跟拉得太远一样，恐怕和真相都不相符。

认识柏杨之前，听到他的名字，就心惊肉跳，想象中他是一位坐过九年多政治牢，手持钢刀、吞吐利剑的人物，和他交往，就像鸡蛋碰石头，不可能有共同语言。可是，认识之后，他给我的印象和想象中完全不一样。他谈吐温婉有礼、身体健康、性情爽朗，我甚至觉得他聪明敏捷、机智幽默，几乎囊括我所有赞美的形容词。所以，有一天当我嗫嚅着说："我不知道能给你什么，你才从牢狱里出来，不能再受任何打击……"柏杨的反应像闪电一样快，他说："我从不怕任何打击！"这句话使我一振，几乎就在同时，我已决定要嫁给他。也从他这句话的反应，使我以为他的语言精彩，生动感人。

可是，结婚后这十几年，最令我紧张的，却正是他的语言表达力——尤其他在讲台上时。每次，听他把一个生动的主题，叙述得冗长拖沓，恹恹欲死；或将一个可以深入的命题，稀里呼噜，轻松带过，我都急得两眼干瞪，恨不得跳上台去替他讲。有一次，柏杨应邀在台北金石堂演讲，又犯了松散的毛病，好不容易挨到终场，热情的听众仍不断地举手发问，我也拼命举手，陪我同去的朋友惊讶地问:“你也要提问题?”我答:“我不是要提问题,我是要他快点下台!”从此,我尽量避开他的演讲,连 1984 年在美国爱荷华大学,他那场后来轰动海峡两岸,造成无比震撼文化反思的《丑陋的中国人》讲演。当时,我就不在场,原因是我对他的演讲,一直抱着一种态度:一个人丢人,比全家丢人好。

1978年2月4日,结婚照。

自从他着手翻译《资治通鉴》这部巨著，一天之中，柏杨除了吃饭睡眠，几乎全部时间都埋首伏案，他那性急的脾气，全部反映在他日常生活的言语上，常常把句子的文法结构打散，只使用象征性的几个词，有点像电报。例如，他对他的助理小姐说："明天，书好，校好对，没问题，早打电话。"我就得替他翻译，柏杨说的话全文应该是："明天早上，先把散放在地上的书，收拾回书架上，然后开始校对工作，校对完，尽快打电话告诉出版社来拿稿。"诸如此类，有时连我也不得要领，只好懊恼地大叫："你怎么话都说不通？"这时，他无奈地看着我，暂时歇笔长叹："笨哪，怎一个笨字了得！"

作为一个丈夫，柏杨这个男人心胸真是够开阔大方的。他曾对我说："你如果想和别人跳舞，就去跳舞。"因为我对跳舞的兴趣不高，所以，并没有放在心上。有一年，新加坡《联合早报》发行人黄锦西先生邀请我们到新加坡访问，到达的当晚，有盛大宴会，宴会中途，不知何故，柏杨灵机一动，忽然公开征问有没有人愿意带他的太太去夜总会跳舞。一时全场哑然，没有一个人反应。不过，令我更生气的事还在后头。下一站在吉隆坡，接受记者访问时，有人问他婚姻中最重要的条件是什么，他的答案竟是奇特的两个字："金钱。"事后，他向我解释他之所以这样答，因为，爱情当然重要，跟空气一样重要，没有空气，人就活不了，但，谁会说空气是婚姻中最重要的条件？而人心中都知道金钱重要，却没有人肯这么直率地谈这个问题。可是，他向我解释没有用，因为记者已替他在报上解释了，认为是柏杨自己的婚姻经验。我的结论是：柏杨是一个既浪漫而又实际的男人，只是，他常把浪漫和实际的时间、地点颠倒而已。

柏杨每次被我奚落，就自我解嘲地说："仆人的眼中没有英雄。"我马上提醒他，这话只适用于柏杨与熊熊——我们家的宠物，是一只灰溜溜的暹罗猫。它从出生一周，就入籍我们家，原是柏杨送给我结婚纪念的礼物。由于它特立独行的性格，谁的账也不买，常常在柏杨埋头写作之际，“笃”的一声，跳到稿纸上，无论怎么赶，它都不走，好像是抗议说：司马光比得上我熊熊重要吗？再看熊熊心目中的“英雄”柏杨是怎样的？每当熊熊盘踞书桌，柏杨只好委屈地把稿纸挪到老早因堆满书籍，而狭窄得可怜的书桌一角，偷偷摸摸地继续奋笔直书，直到熊熊厌烦了这种沉闷单调的游戏，才一耸身，悻悻然走开。

在日常生活中，柏杨的记忆力几乎等于零，不久之前还发生了一件事，我趁假日离家南下两天，柏杨一人留守家中，结果因为遗失了钥匙，请来锁匠，偏偏我们家用的是顽固的耶鲁锁，最后不得要领，只好破门而入，却发现钥匙并不在家。还是社区餐厅的服务生，拾到一件客人遗留下的夹克，发现口袋中有一串钥匙，辗转追寻，终于想起是柏杨一个人去餐厅吃饭时遗落的，一场长达四小时的总动员闹剧才算收场。

尽管柏杨的记忆力不佳，但他却记得英国幽默大师萧伯纳的一个笑话，那就是，只有萧伯纳太太一个人对萧伯纳的笑话，不觉得好笑。柏杨充满同情地说：“可怜，萧伯纳的太太对萧伯纳说的每一个笑话，都听过一百次以上。”我告诉他，我可没有萧太太的好耐性，你的笑话，我听第二遍就嫌多了。

有一次，不晓得为了什么事，我大发脾气，恶狠狠地凶了柏杨一顿，过了一会儿我自己忘了，到柏杨书房去巡视，看见他垂头丧气地坐在椅子上，一动也不动，我问他：“怎么了？”他说：“你一生我气，我觉得做人都没有意思了。”霎时间，我眼前这个男人——柏杨，变成了一个孩子，我的心完全被软化了，我悄悄俯身下去，告诉他，我刚才的视觉有毛病，调整一下焦距就会好。其实，我还没有把藏在心中的话说出来，那埋藏在内心底处的一句话——柏杨，我爱你。

男左女右

只缘身在此山中

他的风貌一直在变，我不断地发现他无数个另一面。

在陌生的场合中，每当有人发现我就是柏杨的妻子时，总会惊愕地打量我。甚至，有人更直率地问我说：柏杨的人是不是跟他的笔一样的锋利？这类的话我被问过太多遍了，每一次我的心中都会兴起一种复杂而微妙的感觉。这种感觉分析出来有几分有趣，也有几分好笑。因为，我想起了遇见柏杨前后，他给我的种种印象。

前些时，一位从前我教过的学生从远地写信来告诉我，当年我在课堂上讲到泼辣文章时，曾向她们介绍过柏杨。回想起来，当时，从未谋面的柏杨给我的印象是：文笔恣纵，外表嬉笑怒骂，而内心愤世嫉俗，想象中他是一个怒目金刚型的人物。那段时候，我生活的天地很小，教书生涯，除了课本之外，就是学生，其余一点点空闲时间，我徜徉在诗歌音乐的云天雾地里，和生冷僵硬的现实社会有一段远远的距离。我从没有料到，有一天，自己和这位手持矛槊，出入人间的人物，会有任何关联。

第一次见到柏杨，我相当惊奇。我固然从不相信他本人就如笔下所描写的，是一个年迈苍苍的糟老头。但，他的气质沉静，举止温文，仍十分出乎我意料之外。尽管他手中一根接连一根的纸烟，隐隐地透露出他内心的焦灼不宁，然而，大致说来，他给我一种文质彬彬的印象。

把我们两人的结合姻缘，说成是一个“痴”字，我以为并无不当。传统上中国人喜欢用“缘”来解释男女的结合，我觉得这说法也很圆满而浑成。有一则笑话说，有人问一位结了婚的女子：

“你当初怎么会爱上你丈夫的？”

“他戴了一条我最喜欢的颜色的领带。”女子答。

听到的人笑起来，认为这个答复不是真正的理由。那么真正的理由是什么？

——真正的理由很难用一句话来表达。总之，当爱情叩对了门，有千百个理由支持你开门。

一个暮冬的黄昏，柏杨和我对坐在坐落台北市公馆的一家咖啡室里，他望着我，用一种苍凉而低沉的语调，婉转地说出他和我

1978年，婚宴于台北市忠孝东路。

都需要有一个归宿时，那一刻，我真是紧张极了，我的心在颤动。因为，我不知道我们相爱是不是够深？

我在沉思。这时，窗外暮冬的街景，有点寂寥，日影攲斜黯淡。没有人能给这个问题答复，包括柏杨和我自己。在我写给柏杨一首题名《单程票》的诗中，有过这样的诗句："曾经，我们都是行路难道上，苦绝的畸零人。"经过了忧患劫难，我们太需要彼此互相依靠了。我们两人的命运都像被腰斩过似的，面对着一切要重新开始的未来，我们的相遇，使彼此的勇气倍增。

深入地了解一个人并非易事。柏杨给我的印象，随着频繁的接触而逐渐改变。初识时候的风度翩翩，已经慢慢褪去，代之而起的是坚定、硬朗而意志昂扬。之后，他的风貌一直在变，我不断地发现他无数个另一面。

我曾经给柏杨一句评语："你这个人，既复杂而又统一。"复杂的是他对社会众生百态的洞悉，和历经艰险的曲折人生；统一的是他仍然那么真挚，那么奔放，那么倔强——即或被有些人诟病为"任性"，而始终保持着他活泼生动的感情。他直着脊梁述说他长坐冰块和右膝伤残的惨痛遭遇，他用顽皮而淘气的口吻，叙述他趁隙捡取一小截烟屁股，再经济地卷成细细的老鼠尾巴来吸食的故事。在那个故事中，一小片碎玻璃，就是代用的火柴，被他珍宝般地珍藏着……这些狱中禁锢生活的一二，听得我入神，听得我心疼如绞，滴下泪来。而有谁知道，这个倔强、坚韧的灵魂，竟有处世天真像孩子的一面，及一颗感情澎湃像海潮般热烈的心！

他办事效率之高，写作量之大，让我惊诧。许多次相聚归来捧着他十年前所著的一叠叠厚重的书籍，每次，我都有种丰收的喜悦。我向他说：大学四年我都没读那么多书，这些书，够我读完另一个大学了。认识了他，我有种目不暇接的充实感，不再感到孤绝。

我一直不忘我们第一次晤面后的情形，深夜回到寓所，兴奋而疲倦，几乎倒头就睡，还来不及整理他给我的印象。翌晨，我到学校去，一进办公室，就赫然发现他的一封信，信封上没有贴邮票，显然是派人送来的。信上短短的几句话，很令我感动。我拨了一个电话给他，这个电话拨开了我们共同生活的序幕。后来，我们每一次会面，他总是随身携带着稿件，利用等候的片刻，不停地修改校订。那时，他正在校对他在狱中完成的历史丛书。看到他勤奋的一面，我领悟到，这个人是不能错过的。他的速度太快，效率太高，他不会在你的面前再三徘徊。

这段时候，柏杨寄住在罗祖光先生改装过的、别致而小巧的汽车间里。现在，朋友就称它作“柏杨故居”，我们很纪念这个名称。初次到那“故居”去，那种凌乱中的秩序很吸引我。改装过的汽车间，墙上有壁纸，地下铺着地毯。写字间和客厅合并，他可以一面忙着接电话，一面振笔疾书，一面招呼我，和我交谈，嘴上叼着一根烟

1978年，柏杨、张香华婚礼上，证婚人余纪忠（《中国时报》创办人）用印。

2004年，柏杨夫妇。

雾缭绕的纸烟。进到里面，是一间小卧室，用一排高大的书架充当墙壁，隔出一条甬道。我一眼看到一长列整齐的《二十五史》，立刻想起了，它们曾陪伴他度过九年多的艰苦岁月。我忍不住用手去触摸它们，仿佛是抚触到柏杨滴下的斑斑汗渍和眼泪。书架上，有一叠叠的剪报资料，分门别类地收集在一个个活页夹里，我随意浏览了一下，名目繁多而且非常有趣，譬如说，有“瘟官”“钱”“债”之类，也有“理发”“烟酒”，还有一类叫“屁”，我觉得新鲜而好奇。这时，柏杨匆匆忙忙进来，抱起一堆换下来还没有洗濯的衣服，冲到浴室去，我听到他开动洗衣机的声音，我走进去，把他手中的衣服接过来。看到柏杨过着孤寂的独居生活，一切琐事都要亲自处理，我禁不住感到凄怆。

我逐渐愈来愈喜欢这个汽车间，我喜欢逗留在房里为他整理资料，喜欢帮他清除书桌上的烟灰碟，喜欢为他清洗衣物。一面在房里工作，一面倾听他在客厅和朋友交谈传来的音浪。我想象的“家”，就是这种感觉，有男主人的声音，令我觉得温暖、安全。从此，我一有闲暇，就到那儿。那一带因为是住宅区，夜晚特别安静，远处有一条铁路不时传来火车通过时发出的规律而有节奏的轨音，伴着一两声汽笛的长鸣。从低窄的汽车间后窗望出去，越过黑黝黝的原野，一节连一节明亮的车厢，在寒冷的静夜里倏忽而过，瞬间又复归黑暗、寂静，此时默坐在柏杨身旁，我的感触良多。

和柏杨在一起，让我觉得笃定而可靠。虽然和这样一位“是非边缘”的人物结婚，有人觉得我大胆冒险。有一位同学，以往和我过往很密，听到我们要结婚的消息后，曾四处打听，最后仍害怕得不敢前来参加我们的婚礼。其实柏杨本人丝毫没有使我恐惧不安的理由，他是我所见到的少数极温暖而热情的人，加上天性豪放，率性起来，顾不了轻重，一义愤就忘了得失利害，诸如此类罢了。柏杨是一个不设防的城市，他感情太浓，用情太深，又不擅长运用心机。难道，一个人不趋迎时尚，又不诡变巧诈，就该被目为危险人物吗？我不能了解。

柏杨住在汽车间的期间，生活所需品，几乎无一物无来历。罗祖光夫妇供应的家具器皿，梁上元赠的洗衣机，寒爵送来的电扇，林紫耀为他装的电话，陈丽真、谈开元选购的衣物，二十年前在台南成功大学任教时的老同事戴瑞生，寄来了巨款，一个穿草鞋时代的同学范功勤，带了一包馒头来让他果腹，创造梅花绣的杨秀治女士和读友吴觉真女士，常常调制一些精美的食品点心，送来给他。而孙观汉先生——柏杨的恩人，跟大家一齐送他电冰箱、电视机、冷气机，案头有东方望的赠诗，墙上有史紫忱的墨宝，每一样东西，都充满一份深挚的情意。此外，汽车间里还有一两件深含历史纪念意义的物品，那是一床旧毯子，和几套颜色不相搭配，补了又补，破得不能再破的衫裤——柏杨在绿岛时所穿的囚衣，我在帮柏杨整理床榻时发现了它们，毯子和衣物上，赫然用墨笔写着一个号码：297。啊，那段名字被抹去的日子啊，我抚触到它们留下来的痕迹，感觉到亲人受苦灼伤般的伤痛。我想象得出，穿着这些褴褛不堪囚衣的柏杨，清癯消瘦，满头银丝，踞坐在绿岛阴暗囚室的一角，而我一点也不觉得他狼狈，我觉得他傲岸峥嵘。

更深人静的夜晚，柏杨常常和我谈起他在绿岛时的生活情景：无尽的潮音，寂寞地拍打涯岸的绝响。夏天太阳毒热，炙晒着燠热的囚室。一日三餐，囚房的铁门定时打开一个小洞，饭菜从外边地上推送进来，十几个囚徒默默地吃完简单的囚粮。每天晨起，在荷枪实弹兵士的监视下，作规定四十分钟，实则长短不一的户外散步，不准弯腰，不准坐下，动辄遭到叱喝……夜晚，室友们围绕着唱一首苍凉的老歌——《老黑爵》。这首歌给我很深的感触。我曾经垂着泪，写过下面一首诗，纪念那段可哀可泣的日子。

我爱的人在火烧岛上

有一个岛屿
有一首歌
有一个我爱的人
过去，他曾经出现在我的梦中
那时，我在海上挣扎
救生艇的木桨折断了
我随处漂泊
找不到岛屿
听不见歌
遇不着我爱的人

我爱的人在火烧岛上
没有美丽的青山、溪流
没有碧水涟漪
只有恶涛巨浪
烈日风沙
青草枯黄
菜蔬焦死
飞鸟敛迹
窗栏外的白云，凝结成硬块

那时，我爱的人
绕室唱一首《老黑爵》
他苍凉的歌声

柏杨书房门上贴着的号码即柏杨狱中牢房的号码:297。

掩没了我的身影
他衰退的视力
不能辨识我的容貌
他不能知道我疲惫的心
因为他比我更疲惫,疲惫于无望

如今,我爱的人
来到我身旁
伸手给我,救我出灾难
使漂泊成为过去
疲惫已如拍落的尘土
他教会我对抗风浪,修补断桨
他教会我观察天候星象
我们用臂弯围成一个避风港
我们用温暖的眼色,点燃火苗的希望

我们将合唱壮丽的诗章

不能忘记那些没有星月的黑夜
只有海潮的哨音，日晒的烙痕
如今，我们纪念那个岛屿
我们怀念那首歌

理智地说来，打算跟一个刚刚脱离长期监禁的人生活一辈子，应该是有所顾虑的。例如，他的健康如何？他的心理是不是正常？姚安莉就曾警告我："关了十年的人，你会遇到一个神经病！"其他的朋友也都这样为我忧虑。但是，在一次大家聚会中，她们和柏杨竟一见如故，我看得出来，她们不但接受他，而且很喜欢他。分别的时候，她们只留下一句话给我："他可以好好地照顾你，你也要好好地待他。"但，那段时候，柏杨常常无端觉得心悸，经常要吃镇定剂，白天也不例外。

婚后，我陪柏杨到医院去做了一次全身体检。我告诉自己，不要奢望他全部通过。一星期后，结果出来了，他的心悸查不出生理上的原因，血压、心脏也都正常。但，继续有一段相当漫长的时间，夜晚睡眠中，我常常听到他在梦里发出惊叫和长长的叹息，仿佛一个人被推下峭壁悬崖，发出来的绝望呼喊。也有些时候，他像受了委屈的孩子，在梦中无端地哭泣。

随着他服用镇定剂的数量慢慢减少，睡梦中也比较恬静了，我开始愈来愈放心。我觉得他是一座山，那么沉雄峻伟，有风景，又有宝藏。我快乐得不得了。可是，就在这时，另一个困扰人的问题出现了：他不断地抱怨他的眼镜没配好，换了一副又一副。每当戴上一副新眼镜时，他连声说好，一两天之后，问题又来了，他开始怀疑验光验得不准确，头痛和眼球胀痛困扰着他，这样持续了一段日子，我再陪他到医院去检查，终于真相大白，发现是眼球内微血管破裂，淤血沉淀淤积的结果，造成了视觉的障碍。

九年多来，在囚室内只有一支高高悬在天花板上的四十支光的日光灯，柏杨不停地写作，完成了三部历史研究丛书，它们是《中国人史纲》、《中国帝王皇后亲王公主世系录》和《中国历史年表》，以及一堆可与腰齐的尚未完成的稿件。光线微弱、过度辛劳和营养不良的结果，柏杨损坏了他的眼睛。医生宣布说，这种症状分为四级，第四级是全盲，而柏杨已到了第二级。而且，药物治疗的效果很有限，唯一的办法是，节制看书，减少写作。

这项宣判对柏杨的打击太大了，不仅立刻妨碍了他的工作，更威胁到他的心情。并且，如果一旦恶化，就太悲惨了。失去了光明，将是怎样一种无情的惩罚啊，而柏杨何辜？为什么冤酷总是尾随他不舍？在体检一切正常之后，偏偏出现了眼疾。上天有教世人罹患疾病的权杖，却敲在足胫挫断的人身上。

远在德国的虞和芳得到了消息，立刻来信，要柏杨到她辗转打听出来的名眼科中医师张齐贤处求诊。至此，柏杨的眼疾才算见到了一线曙光。那些每日早晚服用的，奇奇怪怪的药丸药散和熬成的汤药，减轻了他不少针刺般的痛苦。另外，又从一位熟谙医道的朋友处，学到了按摩法。这样一日数回，不间断地辅助治疗，似乎给了他一些信心和鼓舞。

一年的时间在焦灼中过去，服用中药一直未断，经秦重华大夫介绍给他的一位朋友检查，知道淤血已经渐渐消散；但，眼球内部的细胞一部分已坏死，新的病名叫“黄斑部变性”，所以，视力并未恢复，看东西看不完全，也不够稳定，时隐时现，而仍不断胀涩。

平日柏杨和我谈话中，很少谈到眼疾这个话题，因为，显然这不是言词可以解决的事，而在我们的心底，隐忧的阴影不免攫住我们，好像春天三月里，外头花事烂漫，我们却在屋内毛玻璃前欣赏风景一般，我们的心，有一面总不能完全晴朗起来。

而柏杨案上永远堆积着做不完的工作，单是历史研究丛书的校对，就已经足够使他的眼疾加重。我虽然也曾建议由我来代劳，可是他说："校对和生孩子一样，都是没有办法请人替代的。"无可奈何之余，我想到上天给过柏杨的种种考验，我不相信他有通不过的难关。

有人把创作比作生产。每当柏杨新书出版，我无不怀着一则以喜、一则以忧的心情。我应该最清楚，每一本书的诞生，背后付出多么艰辛的代价，而柏杨是个多产的母亲。一个朋友要柏杨列出他全部著作的名单，柏杨说："我全部著作大概有四十本吧，或许五十本，我自己都记不清楚。"柏杨的确像母亲哺育一个接连一个诞生的孩子般，劳瘁不已。而这许多著作，也同样报偿了他母亲一般的喜悦。在我们生活的天地里，有一个地方柏杨最乐于厮磨其中，那

2004年，圣诞节参加好友黄丽穗邀请的派对。

就是书房。他常对我说:“书桌是我喜欢的地方,每次一坐在书桌前,我的心就特别的宁静。”因此,我们的生活缺乏休闲活动。游山玩水的雅兴,很难提得起来。看电影、听音乐之类的享受,更属奢侈。我们的娱乐和工作分不开,哪儿还有时间去消遣?

有些人以为,写作的灵感是件很奥秘的东西,需要用异数来培养。我在柏杨的写作过程中,找不到这份特殊的情调。他总是坐下来执笔就写,写倦了,从书房踱出来,自我排解地说:“我真不想写了,我想出去玩玩,悠悠闲闲,多好。”话才说完,只见他又踱回书房,继续埋首伏案。就这样日复一日,月复一月,年复一年,周而复始,成了我们生活的日程表。柏杨的生活没有一般人想象的绚丽色彩,没有波澜起伏的情绪变化,甚至没有骚人墨客的闲逸雅兴,跟他作品变化多端的风格,似乎很不相称。柏杨常常自嘲地说:“我觉得我不像个文化人。”可是,他丰富的作品告诉我们,他是个道道地地出色的文化人。不过,从我们生活的角度来看,柏杨和我的生活,却是单调、刻板的。

“我是个梁山泊好汉型的性格。”柏杨常自我嘲弄他自己。事实上他确实是梁山上的人,看到别人遭遇困难,喜欢自告奋勇地表示:“我帮你想个办法。”他喜欢拔刀相助地问人家:“和你为难的是谁?我去找他干。”他天性乐于助人,而这种爽直、勇于承担的行为,常常把一些乡愿型、老于世故的人吓住。

也有人把他的豪情侠义,当做偏激。举一个例子,台湾盗印之风一向十分猖獗,曾经有一位出道不久的女作家,因为书籍被盗印,由她的父亲出面向一家出版商求助。那天,正巧柏杨和我也在场,听到了那位父亲的叙述,柏杨顿时气得跳起来,他叫道:“我去找他算账。”女作家父亲的反应,却是顾左右而言他。事后,我们听到这对父女对柏杨的批评是:“这个人太冲动。”柏杨的行径与他的年龄和遭遇，都太不相称了。

乐于助人并不是一件轻松容易的事，不久前，冒着寒流来袭的隆冬，柏杨为了替一对刚成家的年轻朋友谋职，四处奔走。那天，他忘了戴他平日少不了的护膝——柏杨右膝伤残，一块突出的骨头，无情而刺眼。回到家来，酸痛难当，一面呻吟，一面像完成一桩大事似的兴冲冲地说："大概没问题了，我已经找到人，亲自拜托过。今天爬了六楼，那里的电梯坏了。"我赶紧拿出薛俊枝远自美国寄来的电毡，替他裹在膝上，这时，我忍不住又流下泪来。

可是当柏杨把好不容易奔走得来的结果，兴奋地告诉谋职无着的朋友，要他明天去见主管时，对方却淡淡地说："明天吗？明天呀！明天我忙，改天行不行？"这位年轻人显然已经忘记他焦灼求职的事，此刻，他只悠悠地说："其实，我做什么事都差不多，我看我就不去了。"连一句道谢的话都没有，在一旁又恼又伤心的我，几乎不能相信这件事的转变。啊，我仿佛亲眼见到这一幕——柏杨爬着一层层的楼梯，不时用手按住他的右膝，迎面寒风砭人肌骨。而这时，我真怀疑，在森森冷面高墙矗立的大楼前，这个满身鳞伤、筋疲力尽的独行侠，是不是和身后的画面太不调和了？还是这种典型的人物已经落在这个时代的布幕之后？

小时候，我曾被书中的一句话深深地感动过："但愿我心如水，处处齐平。"我一直向往那样一个境界，以为大地被春水沃灌过，处处都是润泽，开满了芳菲的花朵。天空没有鹰鹫盘旋，地上蛇蝎敛迹。这一切反映在人世间，就是爱心洋溢，没有愤懑，没有嫉恨和纷争，到处都是亲爱、和谐。可是，经过现实人生的一再冲击，告诉挣扎的我，"齐平"两个字的真正意义，我不再存有往日梦幻想法。我现在服膺的人生态度是：爱其所当爱，恶其所当恶。面对着层面不同的柏杨，他突兀峥嵘的言论，和侠义行为的背后，有一颗充满了良知的爱心，我快乐地接受了他的每一面。

冬天早晨醒来，柏杨告诉我，他严寒的北方家乡，他的童年故事：继母冷酷无情，把他这个十岁不到的孩子，孤零零地丢在和全家人隔离、坐落后院的一间独立的空房里。每年冬天，他一双手生满了冻疮，痛痒难当，抓得溃烂，出血流脓，一直烂到次年春天才结痂复元。每个寒冬清晨起床，冻得直打哆嗦。一心只盼望，在那件破棉袄内，能有一套弟妹们都有的棉布衫裤。可是，寒风从四壁钻进来，他仍旧套上那件油渍污垢，已经穿了多年的"空壳郎"棉袄，瑟缩地爬起来，面对一个冷酷无情的新来的一天。可怜的孩子啊，柏杨。

"没娘的孩子像根草"，以他家庭小康的经济状况，荷包蛋、酒酿之类的点心，却永远轮不到他，只有看着继母所生的弟妹们吃，而他呆立在一旁垂涎。父亲长年在外地工作，很难得回家来了解这个前妻留下来的孩子的生活状况。那时，柏杨多么盼望家中有个人爱他，关心他。有一回，他忘情地奔向继母的面前，想讨好她，却换来一顿叱责和冷嘲。从此，他只有把一份很深、很浓的爱，寄托给遥远而不常回家的父亲。而父亲回家的日子总是那么渺茫，即令在家的时候，也像绝大多数中国上一代传统的家长，在子女面前，除了"庭训"之外，很少言语，更谈不上感情的交流和思想的沟通。但，就在这肃静的气氛中，只要有父亲在家，还是个稚子的柏杨，已经享受到最大的天伦之乐。他快乐地跳蹦着，他恢复了童稚的天真和自由，他活泼地唱着歌，恣意地向父亲撒娇，向父亲讨买糖果钱来解馋……这一切，任何一个幸福的孩子所能拥有的一切，都不曾发生在他真实的生活里，只默默地出现在他的心中，在没有任何一个人知道的，他寂寞的小小的心田中。如今，许多个夜晚，当他写稿写累了，停下来休息，我常常给他端上一碗酒酿，再加一个荷包蛋。看他吃得香甜，我在想，那个狠心的继母，该有一副怎样的心肠？

从他的一生，我肯定他倔强的个性，成型在他十七岁那一年。他跳起来用拳头反抗继母对他的殴打和辱骂。之前，这种待遇原是家常便饭，他总是逆来顺受，可是，这一次不同了。他已经忍无可忍，他在地上画了一条线，凌厉地警告他的继母，不准越过。继母疯狂地扑过来，他迎头给了她一顿痛击，然后立刻逃走。柏杨终于离开了这个缺乏温暖的家，他艰难地跨出了他的第一步。回忆往事，他常常告诉我，如果当时他的父亲讲一句挽留他的话，他就不走了。然而，父亲只是叫了一声他的小名——小狮儿，然后，叹息了一声。于是，小狮儿成了今天的柏杨。柏杨说："有能力报复而不肯报复，和根本没有能力报复，而空言不报复是两回事。"他，绝不伪善。

柏杨喜欢下围棋，可惜我不通棋艺，在家中他没有对手，只听他谈起过围棋的基本原理。他说下围棋必须先建立两个据点，才能立于不败之地。我觉得在人生的棋局上，几仆几起、愈挫愈坚的柏杨，也有他的两个据点，那就是敢爱和敢恨。除了对人充满了浓烈的感情，所放射出来的阳光一般和煦的爱心之外，他从不讳言他的嫉恶。嫉恶酱缸——憎恨人们因私害公，忧心社会的腐败落后。他想打破闭塞、固陋和僵化。他想消除凶残、专横、黑暗的恶势力，指责非理性死不认错的心理。他不能谅解那些不为别人着想的人，和嫉妒别人长进的人。他认为那都是进步的最大障碍。他为这一切奋斗，付出了几乎把他摧折的代价。我曾经向他说："我敬重你的奋斗，我认为你是个不屈不挠的英雄典型。"他告诉我："一个人的英雄气概，和奋斗的意志是一阵一阵的，不是一成不变的，需要鼓舞和支持。"我凝视着他，把这话牢记心头。

曾经有人告诉我，在柏杨入狱之前，他的交际很广，真所谓门庭若市。如果真是如此，这意味着多么严重的虚妄。现在，我们交往的朋友，虽也形形色色，或清或浊，但总有两个必备的条件，那就是

"真交情"和"真性情"。由于他笔下涉及的范围广,接触到的人物中,有纯正、充满理想的青年学生,有富正义感的各界人士,有视他为洪水猛兽的道学先生和官场人物,也有赞扬他、仰慕他的柏迷。有的读者频频写信来要和他见面,或索签名照片等等,有的称兄道弟,有的尊他为老翁。有的呼冤、求救,要求代为伸张正义,也有的和他论辩争执,更有的破口大骂,指他离经叛道。每回打开信箱,收到一封封读者来函,我就计算着他要花多少时间来写回信。不论这些来信立场如何,他从不肯让任何一个读者希望落空,总是亲自执笔回复,并且把这些信件收藏起来。因为每一封信的往返,都是一个问题的探讨,一份感情的交流,没有一封信是交际应酬。我也因此结识了不少良友。

我们的生活中,酬酢不多,但,终不能全免。不论我参与或否,他总是教我分析各种聚会的意义,什么是交际宴会,什么是应酬知己,水至清则无鱼,要用什么样的心情去承受不同的友谊,我从他那儿学习到许多处世和人情。而他一再告诉我说:"我是个过感情生活的人。"每当我们旅行到一处,他一定不忘吊古访友。在嘈杂的街头,他会倾听一个卖口香糖孩子讲述自己的家庭状况。当他被囚在绿岛时,从报端知道了贫苦患病者的消息,他仍辗转寄他能力所及、为数很小的钱去给人家。当然,他会冷面对待一些见利忘义、势利凉薄的熟人,然后,开一句骂:"他妈的!"

一般人喜欢用婚前婚后判若两人,来做夫妻调侃的话题。我想,这并不切合柏杨和我。我们在爱情的光环之中,可能把对方估量得和实际有一点小小的出入。但,我们不断地滋长,不断地培养,不断地追求,我们永远有更多、更多的不断,从往日绵延过来,向未来不停地探索,在一首《春讯》的诗中,我写道:

……

当岁月磨我们成茧

当苦难缚我们以千丝万缕的缠绵

是什么使我们破蛹而出？

是什么使一再结硬壳的生命

再度温热、柔软

而重新吸纳日耀月华？

……

我们两人都在努力，不让对方失望。

有人称赞柏杨精明能干，我承认。有人说他糊涂，我也承认。柏杨在人生舞台上，扮演过许多不同的角色，如同他的文笔一样，是个多重性格的演员。他除了成为一个作家之外，还经过商，在东北时，卖过矿场用的坑木。来台湾之后，一面鬻文维生，一面做出版生意，在文化事业还不及今天一半蓬勃的当时，他的出版社干得有声有色。他还奉过公职，当过报馆编辑，干过小学、中学教员，当过大学教授。他入狱之前，还正在一所大学里任教，讲授《文学概论》。当然，他还失过业，流过浪，一心只想吃个馒头。抗战时，他最大的愿望是有一枚金戒指和一顶钢盔。

生活经验这么丰富的人，竟会糊涂，头脑不清，真是令人不可思议。事实上，他经常一面用电子计算器加减简单的数字，一面拨电话到“中央研究院”去，找研究昆虫的安莉为他验算答案。他时时坐上公车，心不在焉，不是发现坐过了站，就是搭错了路线。有一天，我回家来，走到二楼时，发现他手上拿着钥匙，正在开别人家的门，我问他怎么回事，他才发觉自己的家在三楼，他气呼呼地说：“怪不得，怎么也打不开。”这种事他会重复再三，有时是跑到四楼去。于是，找钥匙、找眼镜、找图章、找剪刀之类，在我们家中一日数起，闹得满头大汗，气得快要发疯。去年（1978），孙观汉先生先后两次到台湾来看我们，而两次柏杨都深更半夜打电话问观汉先生，自己的皮夹子是不是在他那里。观汉先生说："我看你这个皮夹子迟早要丢掉的。"

至于说到我，我毕竟也不如柏杨当初以为的那样齐全和美好，我会把开水烧干，把水壶烧焦，做事老是粗心大意又没条理，我的字迹也没有别人传说的工整秀丽。不过，柏杨的字迹更是有名的拙劣，一家刊物上曾有人为文，称他的字是"还原体"——跟小孩子写的一样，他的字和他纵横的文笔，终不能相配，使他遗憾不已。另一件使他遗憾的事，由于他比我年长二十岁，以致当我的朋友和他相处时，常把他当长辈看待，他老大不愿意。他还会跑老远去买东西，结果付了账，却空手回到家来。柏杨自己对饮食和穿着都很随便，从不考究。我既非巧妇，也不强自装作。认识对方，也认识自己的短处，彼此都不多挑剔，就可以安静过日子吧！有人说，恩爱夫妻在当时都是不自觉的，而我们两人的生命历程，教给了我们如何感恩和珍惜。

我曾经问过柏杨，从绿岛回到台北，要花多少时间，才能重新适应这个相隔九年又二十六天的世界。他给我的答复是，当他步下飞机的刹那，只花了一秒钟，就适应这个世界了。他是这么有弹性，他关心这个社会，他面对得起种种问题，没有时间让他彷徨、犹豫。而我是亲眼看到他——重新振作起来的人。

微风细雨的夜晚，雨滴落在雨遮上，滴答有声。在没有庭院的公寓房子里，可以模拟几分雨打芭蕉的情趣。柏杨在写字桌前，抬起头来倾听屋外的风雨声，他告诉我，这是他最感到宁静的一刻。我相信这一刻是我们生活中最婉约的一面。其余的时候，我们总是紧张、忙碌的时候多，像一出热烈的戏，锣鼓喧天，铙钹齐鸣。

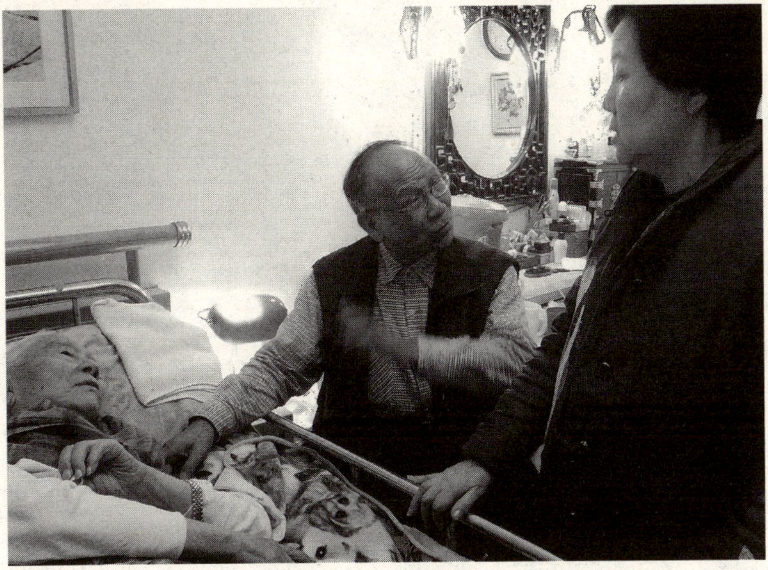

柏杨狱中难友黄英武于2006年末探望病榻上的柏杨，深表关怀，右为张香华。

柏杨视线的障碍，使他常常在写稿时，停下来辍笔长叹，他闭紧了双眼，用双手捂着脸，一语不发地靠在椅背上养神。我突然发现他像一个身经百战归来的老兵，脸上刻着风霜的痕迹，和光荣的标志。啊！我心胸中有太多的话想说，却哽在喉头，我走过去，靠着他，轻声地告诉他："我在你的身旁，我就是你的眼睛。"

男左女右

单程票

——给柏杨

为荒野遗弃
为闪电吆喝、鞭笞
为暴风雨横扫
为茫茫雪途惊恐、震慑
为炼狱的劫火所炮烙过的
曾经，我们都是行路难道上
苦绝的畸零人

越过春郊荆棘的榛莽
越过荒远寒漠的冰原
越过旱干焦渴的涸井
越过贫薄衰寂的村墟
崎岖、坎坷、迂回、陡峭的记忆
被每一只沉重的脚印镌刻
而险如夷、惊已安
我们俩注定会守望到
北极星的悬升
在命运苍茫的晓色里

1978年，蜜月旅行至南台湾。

路，是荆棘绽开的玫瑰

路，是满天星斗的光华

路，是遥处一朵灯芯

路，是一种微温

传递自你的掌心
是万缕柔情
缱绻于我的双目

如果能为来生订座
请预购两张单程票
早早携我飞越三江五湖
纵横七海
到碧天的高处
到黄泉的幽冥
请不要遗漏我
不要让我久久地挣扎、等待
也不要让我走远远的兼程
疲累于辛苦旅途的劳顿

男左女右

妻子们

今年（2000）3月，我的丈夫柏杨过八十岁生日，寿筵由与他合作数十载的远流出版公司筹办。当天，除了我们夫妇和一群儿孙之外，到场的宾客大约一百六十位，是我们结婚以来，场面最大的一场盛会。

寿筵开始，由寿星柏杨向亲友致谢辞，之后，并由我们夫妇共同揭开高高堆在一张餐桌上、喜气洋洋的红色寿桃（代替了西方的蛋糕）。当礼仪完毕，我们转身下台之际，主持人之一的卜大中先生，把我叫住，要我说几句话。

这样的机缘不多，因为一向在公众场合与柏杨在一起，我都扮演妻子的角色，他在台上讲话，我就藏身在台下，甚至躲得远远的，避免曝光。我们又不是选举造势，何必夫妻一起同台？我总觉得，像柏杨曝光率这么高的人，作为他的妻子，最好含蓄一些，才能平衡。同时，也可以把众人的焦点分散，不致因为柏杨这样一个争议性的人，一旦说出什么惊世骇俗的话，夫妇一起同时被围剿。

可是这次不然，这天我身为“寿婆”，哪有不和寿星唱和之理？我接过麦克风登上台讲了几句话，居然博得满堂喝彩声、笑声、欢呼声。第二、三天，接下来的日子，遇到当晚赴宴的亲友，他们一致推崇我的致辞，甚至，许多人从媒体的报纸，或电视台新闻报道中，

柏杨八十寿宴上，义美食品公司送的“寿桃塔”。

2000年，柏杨八十寿宴上，张香华在旁端茶，背后是名节目主持人曾庆瑜。

看到我的致辞，都纷纷向我致意，这些人，有些是当晚不及邀约的邻居、朋友，或素未谋面，才刚认识的陌生人。我觉得好高兴，好像做小学生时，偶然被老师选出来参加演讲比赛，意外得到大奖一样。

我到底说了什么，可以获得这份大奖？我的讲词大致如下："……柏杨刚才在致谢辞中，提到要谢谢他的妻子——香华，我以为要补充一下。柏杨一生的遭遇太曲折坎坷了，事实上，每一个阶段都有不同的妻子，陪伴他一起成长，我只不过是柏杨妻子们（复数）其中的一个，而且也是今天仅仅在场的一个。因为'前人种树'，才有今天我这个妻子的福分……"接着，我介绍柏杨与前妻生育的孩子们上台，代替他们的母亲，参加这场盛会。我就是如此据实报告，而获得赞扬的。

"妻子们"的正确数字是几个？五个。开始知道柏杨一共娶了五位妻子时，连我都吃了一惊。我们结婚八年之后——1985年，那时两岸松绑，两地亲友开始有了联系。我偶然替柏杨整理书桌，发现了一大叠的信函，因为纸质差异，一看就知道是由对岸寄来的，信的内容密密麻麻，好像有满腔的辛酸要倾诉。开始我以为是对岸的读者，向他吐苦水、话家常，接着我发现这批信件，事实上是两批，因为字迹不同，对柏杨的称谓也不同，一位称他作"父亲大人"，另一位称"亲爱的爸爸"。这个发现立刻使我了解到，这是柏杨失散多年的两个女儿从内地寄来的，其中一个姓郭，另一个姓崔（后来弄清是从母姓）。发现了这个事实时，正是凌晨三时——那是我一向为柏杨整理书房的时间，我要趁他入睡，工作不受阻挠时，才好"下手"整理，否则，他往往以"乱中有序"来阻止我"执行任务"。

半夜，回到被窝里，我发现柏杨是醒着的，于是，我思考了一下，这个哑谜要如何解开？第一个涌向心里的念头是：可怜的柏杨，可怜的孩子，和可怜的母亲们。那是怎样一个家国破碎的年代啊！

动乱、抗战、逃难、分离、饥饿、死亡……这些我们今天只有在电影上才看得到的苦难情节，就发生在我们身边亲人的身上。“悲莫悲兮生别离”，柏杨的心如何承载这么多的悲苦？时局动荡，危在旦夕，骨肉分离，家人拆散，这是何等催心肝、落泪水的场面啊！

可以想象得到，五十年代，许多人只身从内地前往台湾，把家人暂留家乡，没想到后来一别就成了永诀，这种悲剧太多了。想到这里，我立刻决定用一种轻松的方法，为柏杨解开这个困境，我告诉他：“我发现你的秘密了，我知道你婚姻的故事了！”柏杨不说话，继续沉默着，我只好再戏剧化一点，想化解柏杨的尴尬和愁苦，我开玩笑地说：“我会看相的，你这一生会有五个妻子！”之前，我只知道，柏杨在入狱时已有过二次婚姻，坐牢再度婚变，出狱后，再与我重组家庭，我以为自己是他的第三任妻子。如今忽然多出两位内地女儿，我显然是他的第四任妻子了。现在，我戏剧性地替他又加上一位，预言他在我之后，还会再娶第五任。谁也没有料到，柏杨居然说：“你就是那第五位！”

原来，柏杨在逃离到台湾之前，已有过两次婚姻，各自生有一

1998年，柏杨夫妇返乡。左起：次女毛毛、柏杨、张香华、长女冬冬、外甥女窦芳艾。

1998年,柏杨夫妇返乡。左为次女毛毛,右为毛毛之子曹晋阳,后为长女冬冬,及其子尚静瑞。

女,这就是今日一位姓郭,来自家乡河南;另一位姓崔,来自西安的两位内地女儿。两位对父亲的称呼有异,是因为不同生长环境,不同母亲的影响吧!

我顺理成章地成为柏杨的第五任妻子,有时朋友会问我,事后才发现柏杨原来有那么多老婆,当初却瞒着你,你会不会懊恼生气?我总是摇摇头,心里想:我已领悟到人生的顺序,在这件事上,根本没有懊恼生气的时间和空间,当柏杨在生死存亡之际,在妻离子散之间,我还有什么余暇懊恼生气?

如今,这句"妻子们",给这出悲剧一个喜剧收场,我愿意加一个尾声:西方人有一则调侃婚姻的笑话,说:结一次婚的人是傻子,结两次婚的人是疯子,结三次婚的人是可怜虫。这个笑话当然有不同的文化背景。中国人在过去的历史中,颠沛流离,需要有多强韧的生命力,才能重建破碎的人生?婚姻次数越多的人,重建力应该也愈大,因此,这个故事才能以喜剧终结。而今天我们面对这样一个升平的世界,中西方的差距缩小了。假如有一天,柏杨要娶第六位妻子,我大概就会用这句话献给他:柏杨,你真是个既傻又疯的可怜人!

一桩中外姻缘

回想起来，那是很多年前的事了……

女儿碧心，个性活泼、独立，一向对人、对事都有自己的看法，读大众传播系的她，大学毕业之后，决定先去自助旅行一趟，目的地是东南亚。我没有意见，只有祝福她一路平安，收获丰硕。

谁知她一去好几个月，似乎有一点乐不知返，正有一点着急，她到底什么时候回来面对现实生活呀！却在这时频频接到她的长途电话，她在那一头愉悦地告诉我，她在异国平安，而且人缘很好，目前认识了两个对她很殷勤的外国人，其一经济条件很好，另一位是工程技术人员，学有专攻。她并没有征询我的意见，我也有意让她自己观察和选择。

事情继续发展下去，终于有一天她告诉我，她选择了第二位，是德国籍的工程师，而且说很快她就要带这位德国男朋友来台湾见我了，我心中一惊，却也说不出什么意见来。心想，那就见了面再说吧！“他”后来就变成了我的女婿。

见面的日子来了，我心中十分紧张，忐忑不安，真是很难想象，那会是个什么样的局面。女儿虽然没有明说，但我心里明白，这一面具有要我认可的意思。

外孙女 Sonia，外孙 Victor。

一个晚上，匆匆吃完晚餐，等候贵客来临。“叮咚”……开门一看，哇！一个高大个子、碧眼金发的老外就在我的面前。开场白表过，他竟单刀直入告诉我，他想跟我女儿结婚。他提亲我并不觉得意外，只是没想到这么快，不过意外的事还在下面，他说，为了跟我女儿结婚，他打算离开现在工作的所在地——尼泊尔，他想来台湾和我女儿定居若干年。我一听，吓了一大跳，这个人可真的是德国派驻在尼泊尔的工程师吗？会不会是无业游民，想借机来台湾娶个女人、混口饭吃呢？而我又怎么有能力帮这个中国语文一窍不通的老外，在台湾找工作呢？而且是什么理由让他放弃收入稳定、福利完善的现成工作，要跑到人地生疏的台湾来另闯天下呢？

外孙女 Sonia。

1981年,柏杨新马行,偷闲戏水于海滨,左:林碧心(张香华之女),中:张香华,右:柏杨。

我真的整个人吓呆了,愣在那儿不知所应,支吾地说:“请你说明给我听听。”于是他把他的思考坦诚地裸露在我面前。“……异国姻缘,在彼此年轻的时候不成问题,年纪大了之后,文化差异会造成婚姻生活里面的隔阂,所以我想到台湾来多了解一下中国文化,熟悉一点中国人的生活方式,这样我们年老时才不至于渐行渐远……人老了适应力一定会降低的。”

他看我一时没有反应,又接着说:“如果碧心马上跟我到西方(中南美是他下一个工作地点),完全由她来适应我,而我对中国文化毫无了解,这对我们的婚姻是一个负数……我会找到一份工作,而且会考虑碧心的兴趣,我会在台湾发展出一份生意来的。”这时,我何止是动容,简直已经是动心了。

后来,他们果然在台湾定居了十年,离开时,把他们发展出来的复制名画所有版权,转移给台北一家非常知名的书店经营。

现在他们带着一双我可爱的外孙女尚亚、孙儿维克,定居在德国波昂。

我从来没有想到,一个男人会这么贴心,用这样的思维来考虑如何维持他的婚姻。

小鸟啁啾而过

向那些安于做全职主妇的女性，
致上我最大的敬意和肯定。

一个清闲的下午，坐在临窗一张靠背椅上，一面远眺，一面思考一个问题：我是如何成长的？忽然，窗外有一只小鸟啁啾了两声，迅速自我眼前飞逝而过，很快就钻到树丛里，消逝不见。我想：匆匆的小鸟是在向我提示什么？还是天地之间，许多事不过都是偶然？

我生下来三岁，母亲就因病去世，从此，对母亲的记忆几乎一片空白。继母入门后，父亲更从来不向我提起我的生母。“母亲”这个名词，便自然被尘封在时间之锁里，直到十四五岁，一个偶然的机会，遇到一位陌生的家乡长辈，他一见到我，立刻发出一声惊呼：“我一看你，就知道你是翠君的女儿，长得像极了。你要知道，你妈妈是一位杰出的女性。那个时代，在保守的家乡，只有像你妈妈那样有胆识的女人，才敢一个人跑到陌生的外地——广州去求学。”他一口气絮絮地说了这许多以前别人没有告诉过我的话，没想到这些话却深深镌刻在我心版上，成为我日后追求知识、成长智慧最大的原动力。我觉得失去财富、名望、事业、成功机会……都不算什么，一个人只有知识狭隘、智慧浅陋，才是最大缺失。这一点认知，使我不敢懈怠，对于一切，永远怀着一份学习的热情。因为，我最不愿意假如我的母亲地下有知，会认为她没有办法亲手教养的女儿，变成一个不长进的人！

20世纪 80 年代，张香华仍在台北一所中学（一流名校——建国中学）任教，身后着制服的是学生。

随着岁月的逝去，我求学告一段落，开始教书、写作，另一方面，也开始建立自己的家庭主妇，我变成了三个孩子的母亲。和许多身兼家庭主妇与职业妇女的经验一样，我尝过收获和失落的滋味，有过欢喜和悲伤交集的体验，在得失之间困顿和挣扎。我甚至在孩子成长途中，有过离婚重组家庭的纪录。但，我一直推许的一点却是：旧时代的母亲为了儿女、丈夫，甚至整个社会规范的建立，对于谦和忍让习俗的养成，都提供过无比的贡献。因此，我向那些安于做个全职主妇的女性，致上我最大的敬意和肯定。我也一直不敢忘记在孩子成长的全程中，竭力去了解他们、陪伴他们，让他们知道，我永远在一旁等待随时帮助他们，他们并不孤单。我相信，天下事不能冀望于幸运或偶然。

在窗前，我可以看到天边的云块逐渐加厚、聚拢，这时，突然听到有一两滴豆大的雨点，打在玻璃窗上，滴答有声，打破了一个下午的宁静。我突然悟到，匆匆啁啾而过的小鸟，原来是急急躲到树丛里去避雨的……

2006年，柏杨站在台北文讯杂志主办的《作家身影》展览厅。

男左女右

当年心情

在夕光的鉴照下，在月的流影中，在你所关爱及关爱你的人之前，袒裼自己是必要的——对于生命，我作如是观。

同时，也是我终究的发现：虽然，在这个人间世上，有许多事当时过境迁之后，终究还是发现它的徒然、荒谬，甚至于欺罔，可是，那本《可兰经》说过的："如果山不来就我，我就走过去就山。"

而我怎么说呢？我将说："如果风不自山谷吹来，我就自己扇动我的双翼吧！"对于我置身其中的大化，我不知道该怎样才能爱得更深、更广、更炽热。

收集了我的诗作，里面有很多早期的少作，也有晚近的新篇。我尽可能地收入的原因是因为一个新的"我"，随时都在诞生。我是属于明日的赤子；然而，诞生于明日的我，应该是往昔的总和吧！因此，我无所捐弃，其实，我们的路无不是由昔日的辙迹铺引向前的。

曾经，我孤独地穿过幽阴的峡谷，赤足踱过落雪的荒原，我迎朝晖、歌夕月，面对过星之海，风之波涛。节庆的欢城里，我在夜晚跳跃着火光的炉畔等待黎明。

我愿一如往麦加的朝圣者，永远朝向爱、美和光。

我愿时间是一张张空虚的壳，生命永远在蝉蜕。

这里，是我生命以往的所有，凡接纳我的，就请接纳我的全部吧！

木棉花开的路

美丽不一定要悲哀，而悲哀也不见得神圣。

这条路的两侧栽满了木棉花。当初，不知道是谁的主意。

去年冬天，我每天都要在这两排木棉花树下穿梭而过，早上上班的时候走右边的一排，黄昏下班时走左边的一排。我的步伐总是匆忙而仓促，心头却充满了寂寞和空虚。就像我经过的这两排树，整个冬天不着一片叶子，露出光秃得有点滑稽的枝丫。我在树底下穿行，一面数着步子，有意地把树与树的间隔，调整成相同的步数："一、二、三、四、五、六、七、八……"这个动作使我联想起某些现代舞中常用的象征布景，抽象而空洞，仿佛我正在整座漆黑的戏院里，明亮的前台上裸露自己的荒凉。一抬头，望着这些无花、无叶的木棉花树，加倍地感觉到她的孤兀和贫寡。

日子过得十分忙碌，每一个空当都排满"节目"。比起这两排栽种得疏离的木棉花树要密集多了，我这么想着。除了日夜努力地工作之外，一有余暇便要排一连串的活动，各种座谈会、聚会、听讲演，有时也被人拉上台去。此外，我有丰富的兴趣。去参加桥艺、摄影、网球、旅游……连着几次找不到我的一些朋友，调侃地给了我一个外号——陀螺。我想，岂不是吗？有一天，我会不会真的像一只疲倦了的陀螺一般躺下来，不再旋转了呢？到那时，南北东西的方向又在哪里呢？为了冲淡一场破碎后的悲哀，我把生活过得像亡命一样的紧张，我不给自己留一点闲暇，我不能让情绪这种东西乘隙而入。

一个晚冬黄昏的海滨，我在沙滩上徘徊，望着一轮即将西沉的落日，周围的灵魂镶着灿金的边，清冷的空气中传来细细的潮音。在我站立处不远的上方，一个教会的青年，正在举行营火会，一大群弟兄姐妹围坐在一堆柴火前，脸上闪耀着异样动人的神采。一阵嬉笑之后，有人建议齐唱一首圣诗："你的小手在上帝的大手中……"我谛听着他们和洽的歌声，不禁慢慢地朝着几位向我招手的方向走过去，加入他们简单而轮回的齐唱，心中似乎有一丝安详。然而，告别的时刻终于要到来，回程上，我拳握住双手，插在空荡荡的衣袋中取暖，一面疑惑地想着，上帝的大手啊，你在哪里？

"你要制造机会，抓住机会。你别老窝在屋里，你应该多出去走走。"坐在我办公桌对面的女孩——李，每次总是充满了自信地

由工作伙伴而变成好友——远流出版公司董事长王荣文与柏杨夫妇摄于2003年。

20世纪 80 年代写过《待雪》诗篇的张香华，第一次在贝尔格莱德看到雪，已是 10 年之后的 90 年代。

报道她的收获之后，这样教训我。其实，她哪里知道我对生活中的每一处走动，早已疲惫不堪。每一站的逗留总是匆匆，像远航的船，老是在岛屿与岛屿之间逡巡。这一天的晚饭时分，我接到她的电话：

“喂，在木棉花路上开了一家瑜伽素食，我们去尝尝……”这是她日间在办公室向我提起的、她的一项新的热衷。

“瑜伽素食真的对人体健忘有帮助，使你血液循环……还有，有人练了一段日子之后能通灵……”她的兴趣永远有理论根据，兼有例证。而我矜持的却是我的感觉，和一份特异的个例，对于充满了理论的事物，我现在满心的厌倦。所以，当我没有答应赴她的邀约，我开始担心明天她又会在办公室教训我了。

总之，这是一个低调的冬天，理性与感情都移了位。

奇迹的发生是，入春以来，这两排树突然纷纷结出花蕾，不久，花朵一一盛开，像张开的手掌一般大小，淡黄的、橘红的，开满了每一棵树的枝头，使走在下面的我，心中升起了绮想。我幻想着每当夜晚，这些花朵就会变成天空垂挂下来、不发光亮的星星，在离我们头上咫尺的上空悬着，真有说不出的奇妙感觉。此刻，我的心真像花，像星星那样开放、灿烂着。这些并不婀娜，也不起眼的木棉花，就这样开在仍不着一片叶子的树上，的确构成了一种奇异的景致。这，毕竟是她一年中最璀璨辉煌的时光啊。

像所有灿丽的时光，结束总是来得太早。这些花、星星，过不久，开始一一凋落。第一次在地上发现这些焦黄而花瓣却仍完整的落花，在来往行人的脚边躺着时，我忍不住“啊”地叫出声来，心里有种缩成一团的难受，仿佛一个希望被击落，当她正满怀幸福地憧憬。看到这些花的凋落，逐渐落满街道两旁，直到人们踩在她们之上，也一无所知，我不禁悲哀地问道：“为什么她们只有这么短短的花期？”而抬头之际，树上残留着还不肯凋落的几朵木棉花，在夕照的敷染之下，仍透着一抹烈亮的惊艳。

结束一个漫漫长冬的恶寒，规划迎接一个欣然的春日，我的心中也有了憬悟，美丽不一定要悲哀，而悲哀也不见得神圣。一念之转，寒冬已远随，春意正浓。正如不知道当初是谁在这路上栽满木棉花树的，不知道是谁的手笔，把我移植在春日的园林之中。

如今，木棉花树已收回了她所有的花朵，取代出现的是青翠油绿的叶子，一片片轻盈而柔软。数日之间，每一棵树都长得如盖、成阴。等车的人们就把她当做伞，躲在她的阴凉下，任头上的叶子在微风中摇动，透着初夏的清凉。啊，夏天已近了。

猫的忆往

一个被称为猫的女人，说她过去不喜欢猫。

和我们熟悉的朋友都知道，我们养过一只小猫，名叫“孟子”。见面谈话之间，常会插问一句：“你们家的孟子呢？她好不好？”安莉每一封从佛罗里达的来信，都不忘在信末加一句：“问候你的家长和孟子。”孟子和家长并列，看来她的确被公认是我们家的一员了。

我非常喜爱这只孟子。她和我们生活在一起的那段日子，我确曾把她当做家人一般看待，侍候她的饮食，清理她的便溺，病时送医，暇时怀抱。有一阵子，她还生过猫虱。我几乎一得空就替她捉虱子，埋头工作，一次总要花一两个小时。孟子占据了我们紧张繁忙生活中的一部分宝贵的时间。但，她也曾回报我们以无限缠绵悱恻的柔情，增添了不少家居生活温馨的情趣。

我们夫妇之间从来不互称名字。我叫柏杨作“虎”，柏杨叫我作“猫”。除非是吵架，他才会一本正经地叫我“张香华”。这一声惊魂，往往把我从猫的灵异世界，幻化为人身，一霎时，恍兮惚兮，才发现红尘的不宁。其他的时候，我就以猫自居，成天睡眼惺忪，清醒的时候少，迷糊的时候多。

猫和我的关系既然这么密切，莫非我们有前世因缘？那又不然，或者说，起码未必是善缘。因为我曾经有过一段憎恶猫的日子，现在认识我的人谁会知道？

童年的时候，家里饲养过一对猫儿，是一对很不得人欢心的小动物。那时家里有继母，本来已人人自危。这一对猫儿显然不识时务，完全不懂得察言观色，竟不断地给自己，也给家人制造灾难。首先是它们都爱偷吃，任凭继母怎么痛骂它们，追打它们，它们始终积习不改。我那时年纪很小，在家里当然没有发言的地位，更不敢僭越身份来帮忙喂猫，以减少它们因饥饿而偷吃的次数。因为，在家里，继母是权力中心，家里一切大事小事，全都得由她来定夺。继母对这份大权是绝对不允许它旁落的。所以，哪怕是喂猫这样的小事，也没有人敢擅自做主。我那时只有在一旁又心疼，又懊恼，看着它们受罚挨打，却不敢采取救援行动。

每当继母心情不好，又碰到猫儿淘气的时候，继母常常从猫儿的身上先发作起，最后总是把我一并牵连入罪，一视同仁。因为继

20世纪90年代，柏杨、熊熊、张香华，一家三口，台北花园新城家居。

20世纪 90 年代，和第一只豢养的猫，名叫“孟子”。

母说我们都是坏胚，前一世还没作够孽，这一世继续来折磨她，让她受我们的气。

这一对与我同时被称为坏胚的猫儿，大概因为得不到家人的垂爱，只好靠发展自己倔强的生命力来适应环境。它们长得骨架特别粗壮，黑白相间的毛色驳杂，四肢颀长，尾巴短秃，表情木然而冷漠，丝毫没有一般猫的温柔妩媚，倒有点像草莽间的强梁。它们在继母经常的吆喝打骂声中，和一回回失风度的偷吃中，挣扎生存下去。

这一对猫儿还有一件事，犯了继母的大忌，它们最爱趁继母不备的时候，偷偷溜到继母的房中，躺在继母铺了洁白镂花床罩的床上，呼呼大睡。每一回继母的脚步声在楼梯口响起，就看到猫儿们抖动着身躯，鬼鬼祟祟，迅速地从继母的身边擦过，一溜烟跑下楼去躲藏。这时，继母便一面咒骂，一面到房中清除遗留在她床上的猫毛。我被这对猫儿的不自爱，惹得很羞愤而恼怒。我觉得它们真是不争气，屋子里哪一个角落不能睡，却偏偏爱睡那个最嫌恶它们的继母的床？难道它们是看上了继母漂亮的镂花床罩？它们为什么那么经不起诱惑？它们为什么那么贪图物质享受？在家里与猫儿同等身价的我，仿佛觉得猫儿的表现，就是我的表现。猫儿的命运，就是我的命运，我们同是受继母迫害的弱者。而我气愤的是，它们竟然这么软弱而又厚颜，没有骨气。我盼望我的猫，是左拉笔下《猫的天堂》中的猫，是那种为了自由和尊严，不惜挨饥受冻的、悲剧英雄式的猫。

怀着这样的盼望，使我对这对猫儿的怜悯和同情，渐渐转变为失望和憎恶，因为它们的自暴自弃，就是我的败坏，而我怎么能容忍自己的败坏？尤其是在继母的压力下，暴露这些可怜的弱点？终于有一天，一件更糟的事爆发了。

这一天，猫儿们又偷偷躺在继母的床上睡大觉，大概是春秋大梦梦过了头，以致完全听不见继母的脚步声，当场被继母捉住。我看见继母捉住那两只猫儿，站在楼梯口，恶狠狠地把它们从楼梯上掼下来。母的那只因为长得肥，落地后打了一个滚，夹着尾巴哀嚎而去。公的那只因为骨架粗硬，掼下来时，腿骨折了，从此变成一只跛猫。

不过，从那时候开始，瘸了腿的公猫经常到外面去流浪，有时一天之中不定时地回来一两次，嗅嗅食盘里的残肴，啃啃吃剩的鱼骨头，然后，又一跛一跛地再度出发。它虽然瘸了腿，却仍然能一翻身跃上墙头，蹒跚而去。后来索性整天不回家，或者几天才回来一次，而它每一次出现时，身上总是旧创带着新伤，狼狈不堪。剩下来那只母的，也随着另一半的伤残，而日渐萎靡，整天没精打采地缩成一团，躲在角落里睡觉——这对猫儿的断腿、沉沦，在我的幼小心灵中，就是挫败的烙痕，而这些灰暗而不愉快的记忆，也就是猫最早给我的印象，曾经久久盘踞在我心头。

不记得是受了哪一篇文学作品的影响，日后，猫给我的联想是女人。一身光鲜亮洁的皮毛，很像一个讲究穿着、喜爱修饰的女性。一日数回，它可以花一个钟点以上的时间，用它那只小小柔软的手掌，拼命地在它那张小脸上搓揉，很像女人坐在梳妆台前不惮其烦地化妆。还有一些女人所专长的诡计，譬如一个玲珑的女人，常常会自诩对男人有手腕，她说：“何必替男人着想那么多，男人就喜欢你拍他一巴掌，然后摸他两下毛。你越是那样待他，他就越是对你像‘一零一忠狗’那么忠实。”我觉得用“狐媚”这个词形容这样的女人，不如用“猫媚”来得妥帖。猫有狐狸缺少的温存，而且擅长满脸无辜的表情。她无论做了什么，你都不得不原谅她，因为，上帝呀，她不知道她在做什么。

猫也是神秘和不祥的象征，常常出现在电影侦探谋杀片里。一只黑猫在迷蒙的夜雾中穿行，忽然跃上屋脊，发出令人毛骨悚然的“喵”一声，下一个镜头往往是血淋淋的惊怖场面。那两只骨碌碌的眼珠，放出摄人魂魄的绿光，预示了剧中人的离奇死亡。在真实生活里，猫之于老鼠，也是手到擒来的杀手，可是，幽默的卡通画家，却替老鼠报了仇，在他们笔下，猫永远是被聪明俏皮的老鼠戏弄、吃瘪认倒霉的笨伯。

然而，猫的形象并不一律是冷漠、无情、奸诈，和绝对的以自我为中心。十九世纪美国诗人桑德堡（Carl Sandburg）写过一首有名的小诗，叫做《雾》，曾经用猫来做比拟。他说：

踮着小猫的脚步
雾来了
它一弓身
坐了下来
俯瞰港口和城市
又悄悄走开

这首诗里，猫给人一种难以言喻的朦胧之美，他用猫的形象，把天地间的景物，织成一片轻网，造化的神奇尽在其中。而我也曾经模拟过这种意象，写过一首题名《猫》的诗：

冬天啊
你是，蜷缩在女主人常坐的
那张靠背椅上的，一件旧绒线衣
每年，每年
她总是，拆了又结
结了又拆

我也蜷缩着
在我无底深的睡眠里
我的睡眠，不拆也不结

不结也不拆

甚至，也记不起早春的太阳

我把慵困的心境，用冬天的猫为影像，淡淡地描摹出我的轻愁。

所以，尽管猫从来不是有道的正义之士，它不知道什么是容忍，什么是让步和牺牲。它和人的关系，远比不上狗的热情和深情。我们只见过猫的见异思迁，弃家而逃，永远没听过“义猫”救主的传闻。但，猫的灵巧和爱娇，还是点染了人们生活的情境。不要向猫强索它所没有的美德，从而了解到不要把自己的意愿强加在他人身上。某些时候，在人生挣扎之余，能领悟取其所当取，求其所可求，就可以避免一些勉强为之，而终陷于求鱼得蛇的悲剧。那么，猫还是可以提供我们一些启示的。

小猫孟子的出现，是我生命中的一个转折点。一向对猫否定多于肯定的我，竟然遇到一个把我当做猫的柏杨，而我也欣然接受，真是有点不可思议。

孟子和我们共同生活的那段日子，我不断在柏杨面前颂扬她，借以提高她的身价。譬如她长了一条粗大的尾巴，从背后看过去，她简直是一只松鼠，而不是一只猫。于是，我告诉他，这只猫绝不是凡种，一定是人间罕有的极品，我们应该以拥有她为荣。

有一次发生四级地震，地震之前几分钟，忽然看到孟子的尾巴贲张，平常柔软的毛此时全部竖立，成为一个椭圆的毛球。她紧张地走来走去，我们正感到奇怪，不久，夹带着轰轰声的地震开始了。从此以后，孟子尾巴能预知天灾而示警的本事，就因柏杨的奔走相告而在朋友间传遍开来。

可惜，除此之外，孟子可以称道的德行，真是几近于零。为了她经常随处便溺，我还得曲意想出些理由来为她开脱，譬如说她怀春啦，便盆没有清理啦，发脾气抗议啦，都是她随处便溺值得原谅的原因。可是，辩解归辩解，事实归事实，我渐渐在柏杨的书房内，闻到一股腥臊味。我立刻想尽办法弥补，洗地毯、在角落摆木炭、喷消毒剂、洒香水，结果仍是其臭如故。

当初，原是我执意要收养孟子的，此刻我满怀歉意向柏杨宣告一切药石罔效，只好放弃除臭的努力。不料，柏杨的反应却出人意料。现在，轮到柏杨一味袒护孟子，怪我捏造事实，破坏孟子的名誉。原来柏杨是个嗅觉和味觉都不太灵敏的人，加上抽烟不间断，室内时时刻刻都是烟雾弥漫。看到他每天坐在书房里吞云吐雾，混合着孟子的“杰作”，他还引以为是创作的灵泉呢。唉，天！这都是我坚持要孟子落籍我们家的后果。

孟子终于在一次我们远行后，离家出走，从此一去不回。等我们回家来找不到她时，两人心中都嗒然若丧。直到很久之后，我们还是经常想念起她。我为什么会对猫前后有那么不同的感受？连我自己都一时说不清楚。人的情绪起伏这么大，好恶竟是无常的东西。从我憎恶猫，到我爱恋猫，这其间已经悠悠然经过了漫长的三十年，有什么可以给予人无常的心灵一点救赎？除了爱，我不知道。

现在，我们家又养了一只猫，叫做咪咪，性情比孟子温驯。此外，她具有一般猫的通性。无常的是人，猫的变化毕竟有限。我从来没问过柏杨，到底根据什么叫我做猫？猫的哪一项特性在我身上最显著？或许是我根本不需要那个答案，或许是他已经把人间一切的对立，如善恶、妍丑、高下、有无，都在我的身上，化成了一个简单的存在。

男左女右

亲不亲故乡人

我父母是地道的福建省龙岩县人，所以，“福建龙岩”便是我的祖籍。然而，对于绝大多数这一代生于台湾或长于台湾的我们来说，一个人的祖籍在内地的某一省某一县，有时还不如在“宜兰”“花莲”“高雄”“台南”来得具体而鲜明。尤其，年岁愈长，祖籍的根，只偶尔在填表格、填履历时，才从冷落的记忆中呈现。失去土壤的根，纵被挖掘出来，曝晒在阳光底下，又如何能存活？于是，“祖籍”往往令人备感时空辽阔、江山陌生。我，从来没有回到过自己的家乡，“福建龙岩”对我而言，已逐渐变成一个地理上的名词。与其说它是我的家乡，毋宁说和它相关的某一些人物，对我更具有家乡的意义。郑云汉先生，正是这样一位人物。而提到“乡先辈”这个词，我脑海里的乡先辈，大概要首推云汉先生了。

认识云汉先生一家，要从我们刚到台湾来的一段日子开始。1945 年，我六岁，父亲带领我们一家，从香港辗转搬迁到台湾，当时住在台北市气象台对面一条巷子，一座日人遗留下来的宿舍中。还记得一进门是脱鞋的玄关，摆设一张大屏风，宽敞的榻榻米房间，被几扇浅色印花图案的纸门隔开，成为起居室、卧室、饭厅等等。屋子内的陈设再简单不过，一张矮桌，几个坐垫，一口大大的天青色搪瓷火盆，里面盛着细白的灰烬，是准备冬天烧木炭取暖用的……大厅的陈设，大致如此。卧室在白日，要把被褥折叠起来，收藏在称为“奥西列”的壁柜内。大白天，屋子里的纸门一拉开，可以在屋内深处，一览无余地透视到前厅，甚至廊前的院落，高高的日式官邸墙垣，围着几丛冬日在雨中簌簌的杜鹃花。

云汉先生一家人，那时是我们家的常客，每次他们一来，我家立刻就温馨起来。这里有个补充说明：我的母亲张翠君女士，早在我髫龄之前，就因病去世。继母是位广东人，自己没有生育，很喜欢在人前称我是她所生，可见她原有意尽抚育和疼爱我的责任，无奈她年纪轻轻，身体和性格都不大健全，平日多病，又多疑易怒，所以，我们家中的气氛一直不宁。父亲更终日小心翼翼，避免触怒她，使她发脾气伤身。小时候，我形容不出那种滋味，长大后才懂得，那种日子，叫做“提心吊胆”。

在这种气氛下，云汉先生一家人的出现，无疑使家中每个人，有一种得救的感觉。每当他们一家在座，父亲因为有气味相投的乡亲可以倾诉，疏解不少他晚年困顿不得志的牢骚。继母则有温柔娴静的云汉夫人郭青梅女士作陪，身体和情绪都得到体贴照顾，脾气也暂时缓和一点。而我，更乘机从步步为营的戒严状态，暂时解放出来，和他们的大女儿至丽、大儿子至刚，一块儿玩耍，享受一下孩子应有的轻松。所以，我实在衷心盼望他们一家的来访。当时，我因年幼，自然无心去注意大人们交谈的内容，但，印象中这一对称父亲为孤山先生的郑伯伯、郑妈妈，是天底下最温暖的长辈。

我的家乡龙岩县，因位处闽西，家乡话和闽南语颇接近，然而音调似乎更委婉而抑扬顿挫。我因生在香港，广东话遂成为我的母语，更加上继母是广东人的关系，家中平常都讲广东话。来台后，不多时，学会一口闽南语，上学后，才开始练习国语，对于家乡的龙岩话，反而停留在能听不能说的阶段。我对龙岩话的印象，也多半来

1998年，在自己写的“怀乡亭记”碑之前，河南人柏杨带媳妇回家。

自云汉先生和父亲的交谈。后来，学到“南蛮 X 舌”一词，心中十分生疑，就是因为龙岩话先入为主，使我觉得婉转动听的缘故。其实，仔细分析起来，这又和云汉先生一家人的谈话声调有关。

云汉先生是个沉静而温和的人，他和父亲在一起，两个人坐在榻榻米上，围着那口青色搪瓷火盆，常常是捧个茶杯，一面品茗，一面吸烟，默默地听父亲发言。和父亲相较，他从不高声喧哗，永远是潺潺流水般委婉有致。郑妈妈青梅女士更是天底下最最温柔的女子，从来没见过她粗声大气地管教孩子，更不用说对外人了。总之，他们两人给我留下的印象，和父亲的热情激动，继母动辄神经质地大呼小叫，是个截然不同的对照。

多年后，父亲过着半退休式的生活，我们举家搬到宜兰，从此两家人来往不易。只有当云汉先生服务的机关——地政局，派他出公差，他才会偶然到我们宜兰家中，小住数日。这时，我继母的情况，起了若干的变化，变得活跃、精神、干练、跋扈。云汉先生每次来，仍一如既往，和父亲品茗，轻声细谈。和我私下独处时，偶尔会交代一两句话，要我多体贴父亲。又过些年，我负笈北上，时或到郑家走动。当我发现昔日家中用的日式屏风，早被继母弃置不用，如今却在郑妈妈小心珍惜下，仍完好如初时，心中禁不住涌起一阵抚今思昔的感慨。

云汉先生的家宅，自始至终在台北杭州南路，没有迁动过，平日往来的乡亲，络绎不绝，如果称之为“龙岩人的大本营”，也不为过。因为，任何时候到他家拜访，几乎都可以看到形形色色的龙岩人，有年轻的，也有年老的，男男女女，职业、学识、性情、谈吐，参差不齐。时而有人慷慨陈词，纵论国事；有人儒雅风流，文质彬彬；有人叙说商场风云，也有人谈恋爱韵事，或家务纠纷，真是内容丰富，不一而足。这时，我已成年，眼看到别的同乡长辈逐渐老去，可是，我心目中的云汉先生和青梅女士却无论音容笑貌，或待人处世，仍完全没有改变。云汉先生总是坐在一圈藤椅中，静静地吸烟，偶然在其他人的谈话中，穿插一两句，声调低沉，语不惊人。青梅女士不是忙着沏茶，就是在厨房进进出出地张罗，他们两人尽管都添了几茎白发，几条皱纹，可是，在我心目中，他们和我小时候见到的“郑伯伯”“郑妈妈”，仍然是一模一样，数十年如一日。

成年后，因为生活的迁徙和奔波，渐渐和云汉先生一家疏远了。特别因他们的女儿至丽，和大儿子至刚先后出国，剩下小女儿至慧，一度还和我过从甚密，后来也继之出国。我的父亲去世后，继母再醮，唯一在台的兄长，不幸性格上受到继母留给他的负面影响，脾气乖张，不近情理，自己一家人人自危。嫂嫂和几个侄儿、侄女，被他弄得心神不宁极了，经常求医。于是，我的娘家根本破碎，而我和龙岩人的关系，遂逐渐淡化，终致失去联系。

至今回顾，从小至现在，除家人外，接触较多，给我记忆较深的龙岩人，要算云汉先生和夫人了。我不敢说我了解他们，但，我确实把他们奉为一对龙岩人的典型。云汉先生为人谋事之忠，待人之诚，前后一贯，没有丝毫更改，已经成为许多人一致的口碑。他那种不喜欢奉承，不计较利害，只谈感情，尤其是乡土之情的性格，使他充分地发挥了乱世中一个平凡龙岩人不平凡的坚持。面对着这个崭新的时代，开放的社会，他的坚持有时化成一股顽强的抗拒情绪，使他不得不吃力地维护。例如，今天已成为他的爱婿的理查，曾因为国籍、肤色不同，当年得经过严格而漫长的考验，最后才争取到他老人家的接纳，如今看来，这份坚持，又何尝不是乡土之情的扩充和延伸？今天，我们的周遭，人人讲实利，求效率，应变唯恐不及，云汉先生爱乡土、爱乡人的情怀，是浪漫而深挚的，正如一根不易冲毁的柱石，伫立在人人都不易找到归属感的现代的洪流里。

男左女右

女儿的长途电话

——从张良维老师学“太极导引”

前年下半年，一场莫名其妙的感染，使我暴发了严重的肺炎。住院疗养两个月，出院后，奄奄一息，气若游丝。远在德国波昂居住的女儿碧心，急得不得了，匆匆回来看过我一次，但，为了照料在德国的孙儿孙女，又不得不赶回去，从此不断打电话来询问我的健康情形。

今年初，我的身体大有起色，每次我都在电话中向她描述我复健的经过——认识一位太极导引的张良维老师。我把第一次上课之后，身体豁然开朗，大有进步的情形说给我的女儿听，又把我每周从练习一次，增加为两次的决定告诉她。女儿在电话那头听得啧啧称奇。因为，她知道她这位老妈的一向生活习惯，不但从来不做运动，对所有的肢体活动，从小就不感兴趣。现在不但女儿称奇，家人、朋友，也都密切注意我的改造和进步。我由举步维艰，到行走自如，如今能漫步人烟稠密的市区，不觉得异状，也不再呼吸重浊、疲惫难耐——我这状态在出院以后，还持续了一段很长的时间。现在，我已可以恢复正常工作。这种好转，全要归功张老师太极导引的指引。他仅仅教我开合、旋转、延伸、绞转四个基本动作，简单而柔软，既活泼灵动，又优美自然，让我们学起来轻松而又成就非凡。说一句真心话，一开始让我肯一而再、再而三去练习的重要因素之一，是张老师这个人温文儒雅的气质，和他肢体语言的优美，鼓励了我。我心想：就算我未必跟得上他的每一个动作，也愿意把他当做一个有深度的舞者来欣赏。何况，在身体的康复上有这么显著的效果。

我这一生，只有急得满头大汗的时候，从没有因为运动，而使我出汗的经验。大多数时候，我都维持“静态”状况，我最大的能耐是能整个下午像猫一样，蜷在沙发椅上。如今，跟张老师做一两个动作，立刻可以收到运动出汗的效果，让我觉得十分有成就感，也是促成我一来再来的原因。

我渐渐体悟，张老师灵活的突破传统太极制式僵硬的“太极导引术”，有层次的由浅到深的教学方式。由外表肢体的优美，逐渐深入体内的教学，尤其使我领会身体内器官因呼吸引起的变化，和我住院时接受西医的复健，对身体的里外有一种深刻的体认。我开始从养生体悟到中国的“精深”，和西方“皮相”的差异，或者说它们是两个完全不相同的体系。

现在女儿仍不断打电话来，不过，她的电话已不再着急地追问我的身体状态，倒是一向喜欢从事文化、艺术交流的她，开始有了新的目标，她要我收集张老师的资料，她要把张良维的“太极导引”，介绍到西方去。她认为让西方人看看，这个把她妈妈调养好的人，所表现出来的中国“功夫”，能给西方人带来什么冲击。

男左女右

雨夜春韭

这个圈子里的朋友们，常常调侃说："你是我们中间，认识柏杨的时间最短，关系却最特殊而又最深的一个人。"事实的确如此。过去十年，当柏杨被囚禁绿岛，朋友们不断为营救他而奔走的时候，我和他的世界还没有诞生，甚至连边缘都还摸不着。可是，1977 年他被释放回台北，四顾茫然，无枝可栖之下，我们相遇，并结为夫妇。从那一天起，我由一个"外人"，才变成为一个"内人"。

柏杨和我的年龄相差二十岁，但，我们生活在一起的日子，每一天都过得坚定而充实。形成我们生活丰富的原因之一，是拥有周围这么多充满了热情、关注，又至情至性的朋友。今年（1978）盛夏，远在美国匹兹堡的孙观汉先生，更千里迢迢地专程回台湾探望柏杨，这是他和柏杨的首次会晤。这次会晤带给我们空前的兴奋，无论是柏杨和我，或周围的朋友，大家都激动得难以言语，这是一段泪水和欢笑的日子。

从 7 月 23 日至 8 月 8 日，总共十七天，我们天天聚在一起，除了会晤，还是会晤；除了聚谈，还是聚谈。回想起来，那段日子我们不知道哪儿来那么多话？但，我们确实是谈了，不但白天谈，晚上谈，有时半夜三更还要打电话，一清早也谈。如果问我到底谈了些什么，我的答复是：我们无所不谈。最重要的是，我们谈"爱"，我们

1981年,在美国友人 Dr.Maureen Jones Ryan 家。

谈“心”。

“宁愿为爱而失恋,不愿为失恋而不爱。”这是观汉先生说过的一句名言,也是他待人处事的原则。

第一次正式和观汉先生接触,是柏杨和我准备结婚之前,意外地接到由柏杨转给我的观汉先生的一封信。在此之前,柏杨已把我这个人向观汉先生报告过了。这封信,观汉先生一开头就幽默地说:

“这是一封私信,可惜没有方法不使柏杨看到,真扫兴……我们(指当时正在美国,而今在德国的虞和芳女士,她也是柏杨的患难之交)已自封为你的娘家人,因此,重复地说一句,做娘家人的有权告诉新娘,你要好好地爱护柏杨。同时,对柏杨来说,他要小心爱护我们的女儿,否则,我们娘家人要同他算账……”

他也写了一封信给柏杨:“对做朋友,做情人而言,诗,音乐,艺术,哲学,杂文,文学……是很重要的因素。但在婚姻生活中,那些都是次要的，我们认为主要的是体贴，容忍，合作，互励。你们如果同意的话，想你们已有这些美德，如果不同意的话，希望你们研究结婚的条件去追求。结婚的目的是不断创造爱情，追求快乐，是么？成功的结婚是要下苦功去追求的。最最主要的是，大家要小心翼翼的，是么？”

婚礼的前一天清晨，电话忽然响了，我拿起听筒，对方一口持重、缓慢的绍兴口音。原来是观汉先生从遥远的匹兹堡打来的。在电话中，他仍是一声声的叮咛，和无限欢喜的祝福，我禁不住激动得泪涌。夏天，我们在台北会面时，漫谈人生、爱情、婚姻的问题。我们都认为，在爱情和婚姻中，错误所要付出的代价是可惊而悲惨的。可是，观汉先生说了前面我引述的那句话：“我宁愿为爱而失恋，不愿为失恋而不爱。”让我非常感动。这句话，透露了他对人生、真理，和对正义追求的一贯热情，想到正因为观汉先生十年来对柏杨的营救，柏杨和我才能获得今天的遇合，我对我的幸福更加倍地珍惜。

7月末梢的一个晚上，柏杨和我照例送他回下榻的旅社。酒阑兴未尽，我们在旅社中继续欢谈，谈到有些作家的作品和他的做人距离很远，一旦接触，很令人失望。观汉先生说：“不会的，我不会失望，即使现在的柏杨，或者以后的柏杨，表现得不如他的文章，我也只是遗憾，而不是失望。”

“只是遗憾，而不是失望。”这句简单的话里，蕴含着多么丰富的意蕴，它包括了宽宏的情谊，以及对朋友的信赖和期许。更重要的是，这句话的背后隐藏着一股维护正义、固执人道的热情，和无比坚韧的意志。可是，观汉先生说话的神情是那样平静、祥和。

这个夜晚，我做了一个见证。我看到了一盏温暖而明亮的灯，照彻了僵硬、冷酷而无情的长夜。

好几回听到别人形容观汉先生的外貌，朴实得像个庄稼汉。观汉先生离去后，我们把他的纪念性的照片，分赠一些好友，都说：“孙先生了不起，不过看来像个农夫。”名记者司马文武笔下称他为“乡巴佬”。有一次，观汉先生随我到我任教的学校去参观。时值暑假，整座学校只有一位门房和一位校工。事后那校工问我那天来的人是谁，我向他说明观汉先生的身份，校工吃惊地说：“看不出来。人家留洋回来的都很讲派头，他看来那么朴实，哪里像位归国学人？”

有一次，记者陈怡真小姐和主编高信疆先生拜访他。那个下午，他们提出了许多严肃的问题，像：“你对中国科学发展有什么展望？”“你对中国社会风气改善有什么建议？”“你对资本主义和社会主义的看法如何？”“你觉得中国传统精神哪一项最可贵？”等等，观汉先生总是很诚恳地用一句老话作答：

“这个我不知道。”

或是：

“这个问题你不应该来问我。”

他这种“吾不如老圃”的态度，使我兴起无限敬意。

事实上，像观汉先生这样关心自己的民族，又这样智慧的人，他当然有他深入而锐敏的观察。他推崇中国人勤劳、吃苦的天性，他认为这一点是外人难以比美的特长。但他十分忧虑我们的匠气和私心，像路上开车的争先恐后，不守秩序，又像学术机构里的派系之争，垄断分离了团结的力量。他认为廓然大公才能使文化向前推进。

对于一个熟悉的名词“人情味”的看法，观汉先生说，如果“人情味”只是掩饰功利企图的工具，那么当目的达到，或不能达到时，这种“人情味”就会很快消失。换句话说，那只不过是一种老于世故的客套，实质上是很脆弱而容易变质的，没有什么值得我们自诩。

梁上元家中客厅墙上，悬着一幅梁寒操先生留下的墨迹，上面写着："以恕己之心恕人，以责人之心责己。"这句话很得观汉先生的喜爱，后来才发现这些字是绣上去的，也因此认识了那位独创梅花绣的才女杨秀治。观汉先生回美的前日，我陪他去参观秀治的绣房。那时，她正受柏杨之托，在绣观汉先生的像，绣工的精湛令我们赞叹。

观汉先生欣赏到那一片宁静素雅的天地之后，引用一句诗"有酒不知欣，但求浊世名"道出他对自己的感慨。但这句诗用来说一般人很恰当，用来说他自己就太不相称了。他对世人的贡献，使他把浮名早已脱尽，他过的是一种纯净简单的生活。在匹兹堡，他除了实验室的工作之外，有一块种菜的园圃，平日也能喝一点酒，他喜欢金门高粱酒的浓烈。但来台湾的十七天中，在我们几个女生的管制之下，他有时只好改喝啤酒，以至使他笑着说："台湾的妈妈真多！"

观汉先生简朴的生活，和躬耕园圃的田园风味，曾使我想起陶渊明，果然，观汉先生告诉我们说："今天的人不能再过陶渊明的生活，却可以拥有陶渊明的心。"

有一次，他和我谈到他的菜园，他种了韭菜，他怀念地说，他从台湾回去，韭菜怕都长成杂草一片，而且都开花了。我在想，如果有一天，柏杨和我能一起到观汉先生的家中做客，那么，"夜雨剪春韭"的情味，就不止于是一句诗，而是一幅我们可以亲临其境的图画，那该有多么动人。

男左女右

春风容物·秋水无尘

人生如果是一幅画，

早年的经历就是画布的底色。

炎炎夏日的八月，正愁闷郁悒，忽然接到母校——兰阳女中一通电话，要我回去给学妹们暑期文艺营上一堂课。几乎毫不迟疑，我就一口答应。放下电话，精神陡然一振，眼前呈现一片无际的平原，绵长的地平线隐没在水天相接壤的一抹蓝里，唯一一座小山，是蹒跚在太平洋上，充满美丽传说、诗意浓厚的龟山岛，这一大片平原上，一所历史悠久的兰阳女中——自日据时代起，即是宜兰唯一六年制的女子最高学府——曾有过我年少岁月的轨迹。人生如果是一幅画，早年的经历就是画布的底色，日后涂上的颜料，不过是从底色晕染出来的缤纷。

中学时，给我影响最大的，有刘冠群、俞仁溥两位国文老师，他们先后教导过我初、高中两个阶段。刘老师忠厚温煦的待人态度，和认真严谨的治学方法，与俞老师的才情勃发，自由思想的启迪，是截然不同的两个典型。刘老师写得一手好字，年前我的书房刚装修过，还得到早已远徙台南的刘老师写给我的一副对联："春风大雅能容物，秋水文章不染尘。"正是他夫子自道式的良言教诲，很

2005年，张香华。

让我缅怀起上他课的日子。而不久前，接到我新出版的书，俞老师则写信给我，他说一句："你已不是象牙塔里文人那般狭隘了。"给我的鼓舞依旧。俞老师不只国文造诣好，还富音乐素养，长于戏剧，更是运动场上棒球、篮球的高手。现在我们终于明白过来，当年上俞师母——陈老师教的音乐课，望着年轻美丽的师母，为什么我们心里老是很不舒服，总怪她太严格、太冷峻，原来我们正是半大不小仰慕俞老师的女学生呀。前年校庆，同学们回母校，顺便拜访俞老师，遇着师母，同学们不自禁地拥着她跳起土风舞来，只觉得她依然美丽娇小，再也不觉得她严格、冷峻。而两位国文老师，却已届耄耋之年，须发尽白了。

我念中学那个时代，“兰女”在当地又名“嫁妆学校”。而且，名副其实地频频有同学还在校时，就被地方的乡绅父老看中，选作自家儿媳妇的事。流风所及，一般人观念里，栽培女孩子念高中，不外乎给她一份文化资产作妆奁。继续供女儿读大学，该是额外的计划吧！当时有一个邻居，曾向我父亲说：“女孩上什么大学？你看我们家阿芬，一毕业我就托人在医院替她找了份工作，不久一位医生爱上她，现在不是‘先生娘’（医生夫人）了吗？”还好他的女儿柔顺乖巧，而且不是那种看到血就晕倒、见到病人自己先躺下的人，加上红娘照顾，才不枉费那千方百计造势撮合的父母那片苦心。可是，那年当我考上大学放榜时，这位邻居却高兴得什么似的，直夸我是人才，巴不得放鞭炮，带我去游街，当活广告般公告周知，这十足是宜兰小镇风光、民风淳厚的写照。

演讲当日，我回到兰女，在校门前，面对着密密麻麻大学联考榜上有名的学生名单，这一届考取医学、护理、卫生系的就有七名，我乍然一惊。从那个培养“先生娘”的时代到今天，兰阳平原上的女孩子已领悟到自己要扮演医务人员，跻身高科技行列，奉献社会，责无旁贷的角色意义。而这期间观念起了多么大的变化，付出的努力代价该有多高！兰女的师长在这些年，又是如何带领这些贞淑娴雅的女孩子，走出幽静的兰阳平原，迎向波涛冲击的现代潮

2007年3月7日，一群学术、文化、出版界朋友聚在柏杨寓所，为甫步入88岁的柏杨贺寿，祝贺他走过2006年一年的病痛，重新步入健康的2007年，并庆贺他的两本新书——《重返异域》《柏杨品三国》问世。

流？兰阳闺秀的命运，已不完全局限在“待字”寻找“良人”身上。或者较正确地说，今天一个圆满的婚姻，更高的层次是建立在夫妻互相砥砺扶持上，而越是高的知识，应该越能帮助培养出生活的大智大慧。从这个评估上，我们看出兰女学生气质的成长和变化。

陪同现在的兰女唐灵惠校长，漫步在校园内，唐校长告诉我由于全校师长，和地方上关心城乡教育人士的捐赠，兰女自己设立高额奖学金，鼓励学生升学，终于引起教育局重视和支持的情形。唐校长指着校园内一棵百年老树，很兴奋地形容松鼠如何在这棵树上出没的模样。我一面聆听，一面想起已去世的我在校时的陈保宗校长，他从日据时代起就接掌兰女，我上初中一年级的第一天，新生训练时，听他用一口闽南语腔的国语叙说兰女的“沿革”——这个深奥的词是我入兰女第一天学到的学问。接着他向全体新生解释校训“真、善、美”三个字的涵义，到如今，我的耳际还飘拂过他

1996年，张香华在自己的书房，文章写得不多，却是有自己书房的女人，一个让弗吉尼亚·伍尔芙嫉妒的女人吧！

的声音。

“菁菁校树，萋萋庭草”对我而言，不是一句口头上的歌词，而是描绘我母校真实的图画。我觉得我何其有幸从这个校园里走出来。这幅图画甚至影响了我追求自己的志趣，也走向别的校园中。可是，兰女在我心中的图画，一直这样美好，竟是后来我教过的别所学校所不能取代的。重新吟咏我为宜兰写过的一首诗，有这样的句子：“夏季，有黄金的稻穗垂垂／冬日，有琉璃的冷雨霏霏／雨声叮咚，敲我小屋如琴房。”是的，我听到了琴声，从兰女礼堂后那排学生练琴的琴房里传出来……

大悲大爱的女子

五十年代的台湾文坛，女性写作者不像今天这么普遍。但，那个时候，在台湾的读者群中，几乎很少人不知道有个写过《失去的金铃子》和《一朵小白花》的女作家，名叫聂华苓。偶尔，她的照片出现在报章杂志上，人们总会被她清丽而窈窕的外形所吸引。加上她中英文的造诣，在台大、东海大学开过文艺创作的课，更在倡导民主的先驱雷震先生旗下，为极富自由色彩的《自由中国》主编文艺，这一段“惊心动魄”的经历，使“聂华苓”三个字，在那个年代的文艺界中，成了“奇葩”“异数”的同义词，便极自然不过。

八十年代的美国爱荷华城，在美国的文艺界和文化界，聂华苓以华人女作家身份，跻身其间，除了自身的创作、译著令这些金发碧眼的西方人侧目，博得嘉许之外，她跨越爱荷华大学的教职，在她主导下，从1968年起，把原先只为磨炼青年作家的Work Shop组织，扩充为国际作家精英的Program。每年邀集世界各地作家齐聚，促成世界性的文化交流，开拓彼此的写作领域。使这个原来位于美国中部的小小农业城Iowa City，蜚声国际，就因为这个International Writing Program之故。直到去年（1988），聂华苓功成身退，其间二十年来，受邀到爱荷华去过的各国作家有六百余位。聂华苓现在住在爱荷华一处背山临湖的山坡上，平日除了写

1984年,应邀赴美参加 IOWA 作家工作坊,与旅美华人作家聂华苓(右)摄于中国餐厅。

作、旅行之外,她还是美国知名诗人保罗•安格尔(Paul Engle)的妻子。这个博得传统中国圆融成熟之美的女子欢心的保罗,每次提到他这位中国妻子,总热情洋溢地告诉你:“就是这个湖,”他指着眼前宁静的爱荷华湖,“当年,华苓在游湖时,灵机一动,建议我办一个世界性纯粹文学、没有政治目的或行为的活动。华苓说:‘作家就是作家嘛!’”保罗左一句“华苓”,右一句“华苓”地不离口,不只因为有了聂华苓的加入,才改变了原先保罗主持Work Shop的面貌,更因为保罗在诗中告诉大家的:“我的脖子上有一颗定时炸弹/名叫保罗•安格尔的头/它看不见你,就爆炸……”“你教我从火中取栗”“你把一切神奇的爱的真相指点给我”“你把中国的心指给了我”“因为你就是中国”。对保罗来说,这个给了他许多的“你”的,就是来自台湾的中国女作家聂华苓。

今年(1989)中秋节前一日,莎拉台风的裙摆刚曳过台湾的门槛,远飏而去,台北市东区一家雅致的旅馆“朝代”的一间客房中,已坐着安安静静的聂华苓。她的肩上裹着一袭淡色细花的披巾,一派秋凉气氛，而她的人却热情又激动地叙说她的风雨往事。

如果把人的一生譬喻作一棵树，聂华苓说，内地就好比她的根。她生长在武汉，在重庆中央大学毕业，二十四岁前——人生三分之一的岁月在内地度过。聂华苓一面回顾，一面眼中流动着眷恋的光，她回忆：

“那个时候，因为功课好、个性强，自己觉得很独特，什么事都要标新立异，与人不同。每天和几个要好的朋友聚在一起，大家以为自己是一辈子都不结婚的，特立独行嘛！”

聂华苓感喟地说：

“今天，在内地再见到那些老同学，个个都成了白发苍苍的老太太，人人满脸皱纹。虽然彼此见了面高兴得又叫、又闹、又笑。立刻在记忆库中把什么人十四五岁时穿件什么样的毛衣，什么人脸上有个特别的疤，什么人当年讲过什么可笑的话，这些往事全部翻出来，可是，眼前这一张张布满皱纹的脸，她们虽然不多说，你也可以一眼看见所有的沧桑。”

柏杨、聂华苓、张香华、Paul Engle于1984年在IOWA（爱荷华）。

往日，已经成了过去，她不但走不回去，也不能住在“往日”里面不再出来。而眼前这个大陆世界又和她现在美国的生活天地衔接不上，中间少了一大段，好比人事、风景、声音都给抽空了，并拢不起来。武汉的老家成了公安局派出所，校址迁了，老师死了，整个城市都变了样，所以，除了和儿时的玩伴在相见相拥时，又叫又笑又闹，更甚的，流泪哭泣过后，一种空虚之感涌上心头。聂华苓说：

“内地是我的根，但，除了它是我生长的地方之外，变成了虚幻的超现实。”

然而，就为了这一点点虚幻的超现实感觉，聂华苓一次又一次地回去，一次又一次地和这些满头白发、满脸风霜的儿时玩伴，又叫、又笑、又哭……

“朝代”旅馆的窗外，此刻减弱的莎拉台风一阵阵刮过，间歇的骤雨劈劈啪啪地溅打在玻璃上，聂华苓注视着雨中街景，说：

“四十年前，我第一次到台湾，上岸时正好是遇着台风，今天回台湾，又是台风迎我，这种感觉很亲切、很熟悉。”

从二十四岁到三十九岁，聂华苓一生的黄金时代，就在台湾度过，她成了家，做了两个女儿的母亲，另外，她开始写作生涯，担任文艺编辑，先后在台大、东海大学任过教职。

“在台湾的十五年，是我生命之树的树干部分。”她说。

四十年代台湾本土作家还在酝酿期，绝大部分的文艺人士都由内地迁到台湾。《自由中国》时期的聂华苓很活跃，除了编务，更勤于创作，许多短篇、中篇小说和散文，便在这个时期诞生。

“那个时候的女作家，没有今天的条件。每个人生活的天地小，不外乎孩子、家庭。而且，首先要解决生活问题，那时，大家的生活都穷，女人，把家庭照顾好、孩子料理好，总是在夜深人静，才轮到自己伏案写稿，往往一写就写到半夜。”聂华苓从那种艰困中走过来。不过，她还是才思勃发、精力过人地支撑下去。每个月一次的文友聚会——春台小集，她都兴致盎然地参加。当时，坐落在台北市中山北路、南京东路口，一家叫“美而廉”的咖啡馆（如今是三商百货行），就是这群文友雅聚、高谈阔论的场所。小集中的文友有彭歌、郭嗣汾、王敬羲、归人、琦君、柏杨、周叶子、司马桑敦……后来这群人的变化很大，有的虽然仍在写作的路上前进，步伐多半都放慢了，有的干脆从政当官，有的则经商致富，有的停笔退休，有人因文字贾祸，坐过牢狱，如柏杨；有人远适异域，埋骨他乡，如司马桑敦；还只有聂华苓是极少数在文艺的路上，越走越开阔、越走越长远的一个。

这时，旅馆窗外雨已经停了，只有帘前的雨滴疏落地滴下来，打在窗台上，“的笃”有声。聂华苓端起一杯茶，沉默半晌。大概是回想到“春台小集”的文友吧！此情此景，正是“一场愁梦酒醒时”。

聂华苓早已过了闺中抒情的少妇阶段。

她说：

“在《自由中国》那个时候，也许我并没有意识到‘他们’给我的影响这么大，这么深。越在海外生活得久，就越发现‘他们’给了我一股伟大的支持力量。”

聂华苓口中的“他们”，指的是胡适、雷震、殷海光、夏道平、宋文明，几位随国民党撤退到台湾的文化、知识界的巨擘。聂华苓为《自由中国》主编文艺，在审稿上坚持文学、艺术的立场，追求内涵深刻、形式创新。正因为《自由中国》这份综合性的刊物，在那个媒体极受压抑的年代，它不但是良心的明镜、知识的先导，也是文艺的萌芽。而与上述几位先辈共事，他们的言行、思想，无形中为她建立了一个规范。知识分子的风骨，就是有原则，还要能坚持。

“我生活在美国，嫁了一个美国丈夫（聂的第二次婚姻）已二十几年了，我的生活方式、工作态度已经很美国化，但，我认同的是中国文化、中国历史，我认同中国人。”聂华苓说。

以前，每次到华苓家，都遇着一大堆中国朋友，在谈中国问题，相形之下，在他们家，保罗反而成了弱势的少数民族，而我还注意到，华苓讲中文从不夹带一个英文字。她又说：

“因为语言是文化的结晶。我说英语的时候，就是用美国人的方式来思考。处理事情要求公私绝对分明，注重条理，讲究效率，而且能据理力争，毫不让步。而一旦说中国话，我就恢复中国人的性情，害羞、谦让、念旧、重人情，遵守长幼有序。”

无怪乎被聂华苓当长者来敬奉的内地老作家，如艾青、陈白尘，当他们在爱荷华看到聂华苓，都不约而同且不解地说：

“华苓，你简直比中国人还中国人嘛！”

而亲眼看见聂华苓为 Writing Program 折冲于美国国务院，奔走于美国新闻总署的保罗，却惊奇地说：

“华苓，你非常有效率，你比美国人还要前进哩！”

挟持着这种左右开弓的本领，聂华苓在美国爱荷华这块盛产玉米的沃土上，以易受歧视的双重少数——华人与女性，终于挣到一片自己的天空。

聂华苓这棵枝干壮硕的大树，长满了绿叶，覆盖成一地浓荫。

聂华苓用中英双声带在美国生活了二十多年，而当 1984 年我在爱荷华，每次看到保罗的时候，唯一听到他说过的一句中国话，是“吃饭了！”保罗总是整理好餐桌，调好饮料，然后敲响一口悬挂在饭厅的小钟，呼唤一屋子七嘴八舌的中国朋友，暂时把永远讨论不完的“中国”，搁在一旁，先饱餐一顿。

聂华苓笑着告诉我们：

“保罗是美国最后剩下的一个好男人！”

在国际上，美国这个人权筹码最多的国家，实际生活中是个相当大男人主义的社会。女强人并不如我们在电影上看到的多，美国的家庭主妇是不容易扮演的。聂华苓说：

“美国女人不是能干，而是苦干。”

相当难得的是保罗不只在精神上给聂华苓绝对的解放，在日常家务上，他也是个参与的工作者。

相对的，聂华苓对女权运动的态度是：

“用行动来争取自己的地位和权益，用成绩来证明你和男人能力相等。”

聂华苓说她是一个行动者，却不是运动者。尤其感觉到有些美国的女权运动者，相当极端。她往往拿起一篇报章上刊有女性运动的文章指着作者照片，问保罗：

“这个人是男的？还是女的？”

保罗和聂华苓目前正在合著一本书，那不但是一个男人和女人的联手合作，是一个男诗人、女小说家的心灵结晶，也是一个美国男人和一个中国女人圆融的结合。

想起了爱荷华聂华苓的家中，有一个温暖融融的火炉，十月初冬的天气，已经可以点起火来取暖，保罗总是忙进忙出，把在后院劈好的木柴，一捧一捧往家里搬。而一个雨后的清早，我看到保罗在他家的屋顶上扫落叶，见到了我，保罗大叫：

“嗨，你等一下来和华苓聊天，我煮好一壶咖啡等你。”

我抬起头来向保罗招手，看到保罗头上一片雨过后青色的天空，像哭泣过后，仍有无尽欢爱，顿时我领悟到，那就是聂华苓的天空。

一枝草·一点露

未来的年代，银河紊乱，

牵牛星要织女星搬到他的近邻。

听说美国老牌家电用品惠而浦公司，曾经推出过一种会说话的烘干机，会在适当的时候，发出类似人类的声音，提醒你："衣服烘干了。"不料，这种新奇的产品并不受客户的欢迎，在市场上滞销的结果是：只好搬回仓库的角落，等候送往研究室解体再造。其他如会催人起床的闹钟，会告诉你食物煮熟了的微波炉，以及警告人开车时要系上安全带的新型车辆，凡是采用拟人声音科技的产品，竟一一遭到消费者的排斥，主要原因是人们不能接受这种机械拟人的声音，让人联想到现代科幻电影中，那股诡异的恐怖感，或者提醒人们星际大战里令人悚然的异形，这真是一项值得深思的事，这么新颖周到的发明，竟然无法贴切地满足人们的需要。人类的心灵实在远比机械脆弱，而人类的官能则有比科技更复杂、更纤细的结构，这大概就是迄至今日，人们穷尽智慧，却仍然不足以解开生命谜底的原因吧。

许多年前，我收养过一只还未断奶而母亲猝死的小狗，不久，我因故必须出国，到国外逗留一段较长的时日。到了外国几天后，家人在长途电话中告诉我，小狗因为太小离开母亲，又不习惯新环境，每天吵闹得不得了，动辄不停狂吠，吠声尖锐而凄厉，弄得左邻右舍不堪其扰，纷纷上门来抗议。家人问我同不同意割爱转送别人，我在电话那一头十分着急，一时又拿不出主意，这时正好身旁有位朋友建议，教我们拿一只闹钟摆在狗窝里，据说可以取代狗妈妈的心跳，让它以为就睡在妈妈怀里，借以安抚它的情绪。后来，果然没有再接到家人的电话和我谈小狗的事，我便向献计的朋友千恩万谢。

一个月后，我回到台北家中，看不见小狗，家人才告诉我，小狗早被送给有刚刚生育的母狗的人家。原来用闹钟冒充妈妈的这套伎俩，对小狗根本不起作用。它照旧每天狂吠，凄惨万状。最后，家人只好瞒着我，把它送人。生命，原来有这么不能取代的素质！

有一次我参加一个座谈会，谈的是女性权益的热门话题，我听到与会的一位男性来宾说：

"我最怕女强人，我喜欢的女人是待在家里，帮我管理家务，照顾孩子的那型。我不要我的太太出来参加什么座谈，像这种争取女权的座谈会……"

话未说完，立刻有一名女性来宾发火，她说：

"听了刚才这位先生的话，我实在是听不下去！拿我自己来说，我喜欢出来做事，我的女儿就是请保姆带的。我不喜欢做家务事、带孩子。如果硬要我待在家里，不出来工作，我就会很不快乐。做母亲的不快乐，会直接影响到对孩子的抚养，难道孩子的心理健康，和亲子关系的品质不会受影响吗？"

双方都振振有词，听起来却像一场战争。先前发言的是一位笃信佛理的男作家，而反驳者则是文化界的女强人，新近更积极筹备加入年底的选战。看来佛家的大慈大悲心，并没有感化男作家祛除我执，而文化女尖兵说的话则完全和这位男作家一样，是一篇本位主义者的宣言。

生命的底蕴到底是什么？生活的价值又到底该如何订定？科技人才不断推陈出新，制造增加趣味、方便人们的产品，宗教人士一手持经，一手募款，筹建宏伟的寺庙或教堂，让人们寻找灵魂的皈依。奔走呼号，争取选票的政治人物，拜托你给他一个为你服务的机会，投他一票。写出动人心弦、迷人心窍作品的诗人、作家，出版一本接一本集子，充斥书肆。这许许多多不同的追求和制造，有谁是真正提供给我们生活和生命幸福的内涵？不考虑地缘因素，没有做好防震设施，徒然夸耀高大雄伟的建筑，地震来时，是灾变的元凶；而丰富的渔猎，能满足人们嗜欲的口腹，却可能是用流刺网搜捕滥杀的结果。

在现代人每一桩创作里，人们都尽力把“我”发挥得玲珑剔透，扮演“自己”的角色，发挥“自己”的才情，成就“自己”的天空，殚精竭虑的目的，就是要使凡物都为“我”所用，凡人都为“我”所生。如果发现这样的开发仍不足，便再制作、再创造、模拟、假借、取代，无所不尝试。而眼前的资源不敷运用，便把子孙后辈的福祉，先透支挪用，来为“我”享受取乐一下。持有这样穷凶极恶的挥霍态度，无怪乎我们的自然和人文生态环境，都急剧地恶化下去。

头脑灵活的商人，看准了现代人的忙碌和焦虑，揣摩人心，顺应潮流，想出种种服务方式，赚取利润。社会分析家更预言，以人口成长和资源分配比例来看台湾，未来的社会中，服务业还会直线上升。一个由社会名流合资经营的家庭服务企业公司，最近刚刚成立，可以提供你一切需要的服务，从投资理财、家事操作、旅游运动、孩子养育、上学接送……都一概包括，我却不禁有一个疑问，在

1980年夏，艳阳下，张香华独游希腊神殿。独游天下，一直是张香华的最爱。

全套服务周到的生活环境中，人们必须依赖服务才能生活，到底是更方便、更充实？还是更异位、更扭曲？

如果，我们不能在生命的庄严里，体会责无旁贷的意义，不能在宇宙浩瀚中，获得自我渺小的启示，从相辅相成的世界秩序间，培养对他人尊重的情怀，我们忘记了老祖母说“一枝草，一点露”的教诲，未来的年代，连银河都会紊乱，牵牛星恐怕会嫌距离太遥远，要织女星搬到他的近邻，可以提供最迅速的服务哩！

问　题

人是上帝的杰作。我这么说的理由之一是，人会制造问题，也会解决问题。不像别的动物混混沌沌，遇到问题别说六神无主，就是一神也做不了自己的主。人解决问题的方法很多，大致可分为直接法和间接法，前者是单独作业，自行解决；后者需别人帮忙，通力合作。当然，另外还有二者交替互用法。

接到一个久违朋友的电话，我问候对方："最近好吗？"她说："不好，遇到一些问题。"我再问："哪一方面的？"她答："唉，一言难尽，我想跟你聊聊。"朋友的语气凝重，似乎需要宣泄一下情绪。看来"聊聊"也是解决问题的方法之一，尤其是属于情绪上的问题。

在过去中国传统社会中，几乎不可能有心理医生。把自己的心事，剖心挖肺地告诉一个陌生的第三者，怎么能肯定这是个可与言的人？何况倾吐腹心之余，还要掏腰包，这太超出中国社会人际关系的常情，于是，理所当然，朋友是一般人倾诉心事的对象和解决问题的帮手。

即使在海外生活的现代的中国人，也不时兴找"心理医生"，一来费用昂贵，还不如拿钱去加菜打牙祭实惠。再说中国人在美国当心理医生的，不敢说绝无，也是仅有。若找个洋心理医师，则彼此文化背景、思想观念不同，沟通起来，恐怕原先的问题还没有交代清楚，而又产生了新的问题，所以，中国人不论走到哪里，有问题要解决，永远是找朋友来帮忙。

不过，朋友绝不是解决问题的万灵丹，而帮助别人处理问题，更要有成熟的心智、客观分析的能力，还要有充裕的时间。以上的条件任何一项或缺，都可能造成适得其反的后果。说的人问题越来越大，听的人也不幸被株连，双方都烦恼得不可开交。

这正是所谓山雨未来，而风已满楼。

男左女右

尊　重

西方人常强调“尊重别人的私生活”，他们信守的这项生活原则，常常不是我们这些文化背景迥异、传统聚族群居的中国人所能彻底了解的。

所谓“尊重别人的私生活”，粗浅的解释，只是不去传播别人的隐私。其实，不饶舌，倒不是西方文明特有的生活教育，古代中国人对女性要求的“三从四德”中，有所谓“妇言”一项，也就是要杜绝女性在大家族环境中制造的“口舌之灾”。那么，到底前面所说的东西方差异在哪里？我以为在对“尊重”意义的领悟上见分晓。

譬如，最近我辞去工作，碰到朋友，总免不了被人好奇地问：“你辞了职，一定后悔吧？”或“待在家里怎么打发无聊？”之类的问题，遇到这种时候，我往往是一个偏执的“语言无用论”的拥护者，来个笑而不答。

我的意思绝不是说，我是个超人，从来不作错误的决定，而是我发现提这种问题的人，往往真正想寻求答案的意愿少，而想表达自己想法的时候多，当他们问问题之前，自己心中早已预定了答案，至于你的答复是什么，对他们并不重要。

当然，也有另一面说词：

“天天在家享清福，太自在了。”

“现在就辞职，在家纳福，太早了吧！”

……

总括这两面说法，其实是同一个根源——想当然耳。既然别人已经有了现成的想法，要改变人家先入为主的观念，是不是值得你费尽口舌？这是许多时候，令我三缄其口的原因。再说，此刻他放弃了这个主观，下一个主观又会接踵而来，我岂不是要不断地辩解下去？

过分主观的人，常常也是一个不懂得尊重别人的人。他们对别人的事实如何？真相如何？并无心去了解。他们对待朋友，最高的礼遇是热情，然而往往忽略了尊重。

而中国人是个“一体关怀”的民族，一个人的言行，只要有“出发点是好意的”做后盾，就交代了所有是非。面对这种多情的“好意”，真是“妇”复何言。

我发现人们缺乏尊重的交谈，不但不能达到彼此增进了解的目的，反而竟是误会的泉源、分歧的萌药。

1985年，柏杨65岁寿宴上，寿公寿婆敬酒，右为黄英武夫妇。黄是柏杨狱中“思想犯”难友，在牢房中，常为《中国人史纲》的写作，给予柏杨建议，并帮助他誊写书稿。

下 流

一个人的言行日趋下流，恶名接踵而至，是极自然的后果。有的人在某方面兢兢业业，力争上游，不落人后，可是，有朝一日狠狠铸下大错，暴露出另外一个相反的极端，也同样落得“下流”的鄙名。

青年男子王义溢，在密西根大学读完数学硕士，并准备攻读纽约州立大学博士学位。1983 年 6 月 25 日在台北，和他相恋五年的女友——台湾大学应届毕业的刘新珍，做了一次死亡约会，当街用三瓶打火机油，浇在刘女身上，然后点火燃烧，眼睁睁看着他曾经爱过的女子，在惊怖凄厉的哀嚎中，活活烧成一具蜷曲的焦尸。

根据报上记载，凶嫌王某在学术和艺术上的造诣，都有超凡表现。中学、大学读台北一流学校，成绩斐然。小提琴比赛，得过台湾区首奖，是翘楚之材，而凶嫌的父母对他，也曾尽力望子成龙地苦心栽培。无奈才智过人，并不等于观念正确和品格健全，甚至可能有个极端相反的发展，所以才会有这么残酷令人怖栗的暴行发生。

凶嫌王某就逮后吐露，由于气愤刘女移情别恋，而下此毒手，更自怜自伤“一生都完了”，因为接下来他要面对法律的制裁，和双方亲人、师长、朋友，以及社会大众的指责和公愤。因此，他服下毒药，躺在旅馆席梦思床上，等着听丧钟敲响，然后，与女友同行黄泉路。

当凶嫌被警方送医治疗时，寡母想去照顾儿子，却被他拒见，他认为这桩惨剧都是因为母亲阻挠婚事，造成刘女另谋发展所致，所以只写了几个字：我不想见她。教人推出病房，给被儿子称作“她”的妈妈看。

打着爱情名号，实行残暴手段，把罪行全部归咎于造就自己的母亲，这样的才子俊彦，我们的社会上没有也罢。

“凶残恶毒”四字只叙述王某的行为事实，“下流”二字才是王某人品的定评。

男左女右

后果

“你一旦决定做一件事，对后果要完全负责。”

当人们说这句话的时候，如果对这件事所产生的影响认识不够，或因这件事的抉择不全出于自己的意愿，恐怕负责的能力就要大打折扣。

一件事的后果，本来很难彻底预知。每个人往往按照自己的主观，推测未来。局外人给当事人的帮助，只能从不同的角度来分析，使他看到自己忽略的一面，也就是帮助他了解对后果将负什么样的责任，而不是代他决定取舍。

传统权威性的父母，常常把帮助儿女了解和代为决定取舍混为一谈，这往往是悲剧的起因。过去曾听到类似这样的故事：父母认为儿子学业未竟，不宜急着结婚，以免增加负担，影响前途。站在父母的立场来看，这个推测合情合理，所以索性进一步替儿子决定——拒绝答应儿子的婚事。可是，当事人儿子却感觉到内助不但不是负担，还是个支柱，因为出国多年，孤独飘零，每天除了图书馆，就是实验室，晚上回到公寓，热一下罐头当晚餐，比餐风宿露好不了多少，所以急需要一位良伴鼓舞。红袖添香，灯下伴谈，变成梦寐以求的主要生存条件。然而，子女与父母越坚持，沟通也就越加困难，最糟的是分歧的意见，造成相当大的压力，于是焦距越大，焦点越脆弱。当事人的选择越混乱，对后果越不能负责。

据说，发生在台北街头，烧死不肯嫁给自己的女友，那位纽约州立大学数学准博士王义溢和他的母亲，不幸正属于这一类型的人物，令人心痛的是，这位准博士用最残酷的手段，来结束这场恋情——他把女友活活烧死，来完成这件事的后果。对于母亲，他的回报是，你只想要我得博士，我不惜摧毁自己的一生，把你盼望儿子会得博士的梦粉碎。对于移情的女友，他的反应是，母亲虽不教我娶你，你也休想嫁给别人，你要嫁，我就烧得你体无完肤。至于对自己，反正自己从来没习惯过处理自己的事，我既不知道凡事要自己抉择、自己担当，所以杀人放火之后，他只知归咎阻挠婚事的母亲，造成这样彻头彻尾不负责的结局，有他命定的悲剧因素。

共　存

一场病痛下来，使人领悟到一些平常健康硬朗时不会注意的事。发现病痛最大的苦不在于针药的煎熬，而来自于一而再，再而三，不知止于何时的失望打击。

失去了事业，可以再创；破碎了家庭，可以重组；友谊和爱情的失落、幻灭，只要熠火不熄，都可以重新点燃，让它的星星之火，再度燎原。甚至人生最无奈的生离死别，在忍痛割舍之余，也只有老实接受，把凄楚的心境调适到可以因应面对。

对于一场可能有，也可能完全没有痊愈希望的病痛，内心的挣扎和不宁，有时可真会把人折磨得无以复加。索性放弃希望，又怕错失正确的治疗机会；持续努力下去，却又担心徒劳无功，白费力气奔波。就这样，一颗心此起彼落地悬着，不能笃定。更糟的是，生活内容全被破坏，一切能使生活充实喜乐的行动，完全搁浅。每一动念，就警告自己，不许轻举妄动，怕身体承担不住，一切恐非其时，要缓一缓再说。生命的呼吸因此而沉滞迟缓，甚至，整个生命元气若游丝般缥缈。

其实，你如果不能歼灭敌人，只有承认敌人的存在。这虽然是一种妥协卑微的人生态度，却不失为一种自存之道。于是，我想到和病痛共存的道理，你不能跑，就用走，不能坐，就用卧；不能执笔写，就用眼睛看，用心读。平日的慌慌张张，匆忙庸碌，此刻变成悠闲自在，淡泊从容。你忽略多时的花鸟、星月和云影，此时就变成久违的朋友，一一造访你心灵的窗扉。如果真到了什么都不能的时候，我就恬然休息吧！这样一想，不由得把病痛当做是神的恩赐了。

然而，妥协的人生毕竟不能藉言词博取荣耀。大学时，选过一位年老体衰女教授的课，每次上课，她都花半节课谈她的病痛，听得全班气息恹恹，没精打采，把原先慕名来选课的学生吓退了一半。谁能想象这位邋遢老妇人，在三十年代是名震一时，出过一部红透半边天巨著的少数前卫女作家之一！

所以，我打起精神回到桌前，重新执笔。我不能让病痛把我腐蚀，我要把病痛当做和敌对力量共存的一段实验过程。

男左女右

新女性

有些人一听到“新女性”三个字，就咋舌，要不然，就以为它一定是离婚女人的代号。其实，我们可以从不同的角度来认识“新女性”。

曾经看过一部电影——《海滩的一天》，那是一部除了故事之外，还有一些让人醒悟和思考的片子。女主角演一个女孩子从十多岁中学时代，经过爱情的试炼和挣扎，到成熟妇人的成长过程。故事中，传统礼教的压抑和自己反叛性格的尖锐冲突，逼她从旧式家庭的生活框框出走，投奔大学里结识的初恋情人。结果，这桩私奔婚姻的下场，并不理想，初恋情人变成丈夫之后，和她的距离愈来愈远，最后堕入都市酒色财气的漩涡中，以致离奇地不告而别，死生不明。

电影的前半部，是许多以争取新时代婚姻自主为素材的通俗剧，结婚后的变化，使电影的意蕴更推上一层发展，更好在故事没有趁男女主角牵手步入公证礼堂，就匆匆肤浅地收场。因为人生的意义，要从自己的抉择的那一分钟起，才真正开始，反叛和挣脱，只是领悟人生底蕴，一个学习的起点，并不是完成。

女主角在遍尝挫败之余，最后，接受一句提示：什么人都不能相信，你只能相信你自己。当她确切领悟这句话，并且认真力行，终

柏杨、张香华、熊熊。

于站起来面对自己的人生，努力开创自己的事业，寻找到自己的天地，这时，距离她从梦幻少女离家出走至追求婚姻自主，而终于幻灭自新，其间已经过了漫长的十三个年头。这时，也可以说，才诞生出一位“新女性”。

对我们来说，“新女性”是智慧、成熟、坚毅、独立、诚恳、负责、体谅、宽容……美德的总和，而且，她一直为追求与人（包括丈夫）和谐相处而努力，不是那种一交男朋友，就声明自己不做家事、不带孩子，也不冠夫姓的女人。

至于离婚，“新女性”不一定离过婚，因为，有的甚至还没嫁出去，而离婚的女人中，也不乏典型的旧女性，拥有三从四德，却被丈夫抛弃。总之，嫁不嫁，离不离，和女性的新不新，没有必然关系。造成这类社会现象的因素很复杂，缺乏“新男性”是其中一项主因。

主　妇

天下的职务，没有比担任主妇更琐碎而辛劳了。除日常三餐主中馈外，永远有料理不完的杂务，例如购物、缴费、上税、跑银行取款存款、到邮局寄信领邮包、调整一家人的健康、提供不同的叮咛等等。还有孩子的课业要照顾，平日要找时间和孩子沟通，出席家长会，和老师交换意见。另外，房子要打扫、修护，电器坏了、保险丝烧了、龙头漏了……要会随时修理。还有，有些主妇除了量入为出，把先生缴回来的薪水袋，每月按预算小心支配外，还要善加运用，以弥补收入之不足，再辟财源。说了一大堆，有人问，难道她先生都不帮忙？是的，其中几项重活或许是先生工余的劳动，但绝大部分，还是做妻子的亲自照料。

也许有人说，现代女人比起以前的女人要幸福多了，现代有各式各样的机器可以代劳，工作轻松得多。同时，以前的主妇上有公婆，中有小叔小姑，然后才是自己的丈夫儿女，周旋在复杂的人际间，和现代的女人比起来，后者真是天之骄女。

不过，有一项威胁是以前女人没有面临过的，那就是成就感的压力。环顾周围，和自己年龄相仿的女子，一个个都头角峥嵘，不要说女企业家、女政治家，一般接触到的，动辄主任、经理、教授、专家，人人有自己的职衔，而不止是张太太、李太太或某某先生的夫

1998年，张香华陪柏杨回家乡河南辉县，时为夏日，走在干旱的田野上。

人而已。大庭广众间，人人顾盼神飞，充实焕发，常使一些纯粹主妇黯然失色，觉得自己对人对己都无足轻重。

我们没有能力为天下妇女指出一条光明的坦途，因为对人生作抉择，不是一件容易的事。人有所能，也有所不能，每一个家庭的条件更不一致。我们只能盼望每一位主妇，都是在自觉之下，选择这个角色，而不是无奈才担任它。并且，在选择前有一项体认，就是维持一个健全的婚姻，等于替社会建设一个重镇，其意义是相当深远的，虽然，这项工作，没有调换的机会，也没有升迁的制度。

我们愿意向选择主妇角色的女人致敬，因为你的工作比其他任何工作，更需要恒久的爱心与无尽的恩慈。

附录:二十六问柏杨和张香华

1. 你认为最理想的快乐是怎样的？身边的朋友有没有这样的人？

柏杨答:最理想的快乐是“富而好施”,我身边确实有这样的朋友。

张香华答:最理想的快乐是“自在”,身边的朋友中比较“自在”的人不多,顶多也只是生命中某个阶段比较“自在”而已。

2. 你最害怕的是什么人？什么事？

柏杨答:我最害怕的是自卑感很重的人,怕他的不信任感。

张香华答:我最害怕的是蛮横不讲理的人,以及不可抗拒的天灾、不可臆测的人祸。

3. 你最钦佩的人是谁？包括在世的和过世的。

柏杨答:我最钦佩的是刘邦。

张香华答:我最钦佩居里夫人。

4. 你自己的哪个特点你最痛恨？能改变吗？

柏杨答:既然是特点就不需痛恨。

张香华答:我还没有痛恨过自己。

5. 你最痛恨别人的什么特点?这个特点让你不能忍受。

柏杨答:忘恩负义的人。

张香华答:有侵略性的人。除非跟他翻脸,否则他就没完没了。

6. 你感到最奢侈的事情是什么?

柏杨答:赌博。

张香华答:浪费时间。

7. 如果有下辈子,你希望成为什么?人或者物(动物、植物)。

柏杨答:成为一座大山,不要到处颠沛流离。

张香华答:被我宠爱的猫。

8. 如果你可以变成动漫或者卡通里的角色,你想变成谁?

柏杨答:大力水手——永远都在英雄救美。

张香华答:我想变成狮子王。

9. 你对自己外表的哪一点最满意?

柏杨答:全都满意,无从选择。

张香华答:大致都认可,因为无从修改。

10. 你最轻视的人是谁?在世的。

柏杨答:自以为了不起的人。

张香华答：我最轻视愚而好自用的人，这样的人挺多的。

11. 你的口头语是什么？使用频率最多的词语或者短句是什么？

柏杨答：他妈的。

张香华答：要老命。

12. 到现在为止，你最伤痛的事情是什么？

柏杨答：我很喜欢的一个小学女同学邓克保的早逝。

张香华答：好几个钟头面对着电视，眼睁睁看到四名工人伫立在洪水暴涨的八掌溪中，最后不支被水冲走。

13. 到现在为止，你这一生中最爱的人或者东西是什么？

柏杨答：我的老婆张香华。

张香华答：我自己。

14. 说说你生命中最快乐的时刻是什么时候？

柏杨答：长期监禁后，被释放出来的那一刻。

张香华答：拥猫入怀。

15. 如果可以恩泽，你最想拥有什么样的才华？

柏杨答：随手可以题诗。

张香华答：聪明智慧的平凡人。

16. 你目前的心态是什么样子？

柏杨答：随遇而安。

张香华答:顺着走。

17. 如果时间可以倒流 5 年,你最想完成什么最伟大的成就?

柏杨答:翻译《续资治通鉴》。

张香华答:健康平安。

18. 对你来说,最珍惜的财产是什么?

柏杨答:健康。

张香华答:健康智慧。

19. 你认为可以谈得到痛苦的最浅程度的事情是什么?

柏杨答:腰痛。

张香华答:手指头长倒刺。

20. 你最喜欢什么职业?

柏杨答:在大报馆里编副刊。

张香华答:有挑战性但没有承担不了的压力的工作。

21. 你最喜欢男性什么品质?

柏杨答:爽朗厚道。

张香华答:才识丰富、表达力好但不过分。

22. 你最喜欢女性什么品质?

柏杨答:爱我就好。

张香华答:聪明智慧、美丽、大方而婉约。

23. 交朋友，最看重对方什么品质？

柏杨答：诚信。

张香华答：忠诚。

24. 你希望选择什么方式死去？

柏杨答：在睡梦中安然长眠。

张香华答：无疾而终。

25. 你的座右铭？

柏杨答：诚信待人。

张香华答：尽人事、听天命。

26. 你生活的目的是什么？（需要具体些）

柏杨答：希望有更好的创作。

张香华答：能吃、能睡、工作有劲、家人平安、朋友和乐。

图书在版编目（CIP）数据

男左女右／柏杨，张香华著. —苏州：古吴轩出版社，2007.9（2008.6 重印）

ISBN 978-7-80733-177-3

Ⅰ. 男… Ⅱ. ①柏… ②张… Ⅲ. ①散文—作品集—中国—当代②随笔—作品集—中国—当代 Ⅳ.I267

中国版本图书馆 CIP 数据核字（2007）第 150645 号

策　　划：陈雪春

责任编辑：陈雪春　孙　铮

装帧设计：周　晨　唐伟明

责任印刷：蒋家宏

责任照排：杨月华

书　　名：男左女右

著　　者：柏杨　张香华

出版发行：古吴轩出版社

地址：苏州市十梓街 458 号　邮编：215006

Http://www.szrbs.net/gwx　E-mail:gwxcbs@126.com

电话：0512-65237075　传真：0512-65220750

印　　刷：苏州日报印刷中心

开　　本：630×960　1/16

印　　张：15.25

字　　数：180 千字

版　　次：2007 年 10 月第 1 版

印　　次：2008 年 6 月第 4 次印刷

书　　号：ISBN 978-7-80733-177-3

定　　价：22.00 元
